歌いたい歌がある

池田　小百合

夢工房

はじめに　歌の力

いつも思っていることがあります。弾む会話をしよう、笑い声のある生活をしよう、歌って暮らそう。歌は力をくれます。前に進む力です。歌を歌って元気に生きて行きましょう。平成二十九年（二〇一七年）十月十二日、Ｅテレ『にほんごであそぼ』という子ども向けの番組の「ちょちょいのちょい暗記」で三歳の女の子が「東海道五十三次　宿場町」（一級）をやった。「三歳です。暗記が大好きです」と言った。夫が「全部言えるなんて、すごいね」、童謡の会員も「小さい子って、すごいですね」と言った。

私は書くことが大好きです。パソコンを開いて、言葉を立ち上げる。いつも何かを書いていたい。書くことは苦にならない。そうして、また本ができました。『歌って暮らせば』と『歌が好き』の後に書いたものです。まだまだ書きたい事があります。

この三年間に、リオ　オリンピック、平昌（ピョンチャン）オリンピックが開催され、若い人々に感動をもらいました。わが家では孫が二人になりました。私たち夫婦は高齢になり、おしよせる新時代に対応できないことが多くなりました。記憶が薄れて行くので書きとめておくことにしました。読んでいただけると嬉しいです。

池田　小百合

歌いたい歌がある　目次

第5章　考えよう　117

第6章　歌おう　149

第1章　日常

ののはな

はなのののののはな
はなのななあに
なずなななのはな
なもないのばな

「花野の野の花　花の名なあに　なずな菜の花　名もない野花」
谷川俊太郎『ことばあそびうた』より

ほめられる

毎年七月の童謡の会は、最後に「夕焼け小焼け」を歌って夏休みに入ります。私が「中央に集まり、隣りの人と手をつないでください」と言うと、前列の十人ほどの人たちが突然手をつないで私に迫って来た。私は驚き、あわてた。

「♪夕焼け小焼けで日が暮れて……空にはキラキラ金の星。」最後は手を上にあげて手のひらを裏表に返してキラキラさせて終わる。それは美しい光景です。

「みんな、先生の事が好きなんですよ」と言って帰った人があった。途端に私は背中に羽が生えて舞い上がった。だれもいなくなった会場内をバタバタと飛びまわった。ほめられて嬉しかった。

色覚異常

平成二十八年（二〇一六年）十月五日、NHKテレビ『ガッテン！』で、「色は見分けづらくなる　加齢による色覚異常でおきる見間違い」を放送した。

モデルは「青と黒」のワンピースを着用している。司会の志の輔さんが、「私には『青と黒』に見えます。確かです」と言った。タレントの男性が「そんなのウソや！『白とゴールド』に決まっちょる。絶対に『黒』なんて、見えへん！」と叫んだ。アナウンサーの小野文恵さんも「私も『白と金』に見えます」と言った。他の女性のタレントが「疲れているんじゃない」とか、「老化かもしれない」と言ったので会場は爆笑になった。

私は「うす水色と金」に見えた。「白」には見えない。「うす水色」と言う人はいなかったのでショックだった。

九十六歳で亡くなった母は、私が買い与える服の色が不満だった。「真っ黒で汚い色。こんな物いやだ」と言ってなかなか着ようとしなかった。今まで、わがままな人だと思っていたが、「そうか、加齢による色覚異常でおきる見間違いだったのかもしれない」。母は白内障の手術も受けている。そう考えると納得できる。買った服は、今、私が家の中で着ている。なにも問題はない。

最近のテレビの番組は面白い。勉強になります。ニュースも、わかりやすく解説してくれます。テレビの良い所を生かして、工夫を凝らした番組に期待したい。

風邪をひく

湿度が高くてムシムシする日、「尊徳記念館」で童謡の会があった。会場には「飲食禁止」の張り紙があるので、水を飲むのを我慢した。汗がしたたり落ちたが、その日に限ってハンカチを一枚も持っていなかった。ピアノを担当する若い先生も真赤な顔だ。童謡の会員は涼しい顔をしていた。暑くないのだろうか。

二日後、喉が痛くなった。唾を飲み込むと痛い。そして咳き込んだ。ゲンゲン咳き込む。夫が、「医者に行くといいです。医者が出す薬は、よく効きます」と言った。

日曜日もやっている病院に行った。初心者アンケートに「喉が痛い」「咳き込む」と書いた。医者が、「いつからですか?」と訊いた。私は、「一週間ぐらい前からです」と答えた。「薬は何か飲んでいますか?」「パブロンを飲みました」「喉が少し腫れていますね。薬を三日分出しておきましょう。これで治らなかったら別の病院に行ってください」。「別の病院?」私は耳を疑った。普通は、「三日後に、もう一度診せに来てください」と言うのに。この病院、大丈夫かと思った。帰宅して夫に話すと、「自分の所でわからない病気は別の病院に行くようにすすめるのは好い事です」と言った。「エッ、わからない病気?」。

医者のそばについていて、患者の名前を呼び出している看護婦は、言語障害のようだった。私の前の男性は、自分の名前が呼ばれているのに気がつかなかった。それほどはっきりと話せない状態の看護婦だった。この看護婦に血液を採られたくないと思った。以前、この病院で年老いた男性医師に針を五回も刺されてやっと血液を採取してもらったことがある。以来、健康診断は秦野赤十字病院で行っている。診察のアンケート用紙には、「血液摂取の針を刺すのは、五回以内でお願いします」と書く。すると子供用の針でやってくれる。

風邪は、薬を飲むと三日目には、喉の痛みと咳き込むのが治まった。次に喉にタンがからんだ。うがいを頻繁にした。三週間後に完治した。病気になると気が弱くなる。大学時代の親友が、「風邪はいくら注意していても来る時は来る」と言っていたのを思い出した。

歌手のさだまさしさんは、『今夜も生でさだまさし』というＮＨＫテレビの番組で、咳をしながら葉書を読んだ。ペットボトルの水を飲んで葉書を読んだ。しかし、最後にギターを抱えて大ヒット曲「精霊流し」を歌った。今、咳をしていた人とは思えない歌声で聴かせた。会場は水を打ったように静か。聴衆を魅了した。「さすが歌手だ。すばらしい」。

私も、水を飲みながら「真鶴町」「中井町」「大井町」「小田原市けやき」「小田原市尊徳記念館」の童謡の会を乗り切った。休まなくてよかった。

一番の「お宝」

市川猿之助《いちかわえんのすけ》さんは、四歳から歌舞伎の初舞台を踏み、現在四十歳。スーパー歌舞伎『ワンピース』で、子どもから大人まで大人気だ。その猿之助さんにアナウンサーが、「一番のお宝は何ですか？」と質問すると、「健康な身体ですね。病気をすると変わってもらう人がいない。体調管理が第一です」と答えた。「なるほど」。

お笑いタレントで司会の清水ミチコさんにも、「一番のお宝は何ですか？」と質問した。すると即答で「私の場合は、ピアノかな」と答えた。清水さんはピアノを弾きながら物真似をして笑いを取る。ピアノを得意としている。

私は、「一番のお宝は家族」や「童謡の会」と思ったが、すぐに「声」と思い返した。「話し声」「笑い声」そして「歌声」、「一番のお宝は声です」。私の声は、家族や童謡の会員、老人介護施設の人々を癒す。癒しの声と信じている。風邪をひかないように、手洗いうがい、道路愛護のボランティア、テレビ体操、同じ時間に三度の食事（ショウガ紅茶・焼きニンニクほか）、毎日入浴をする。などの涙ぐましい努力をしている。

夫に質問した。「一番のお宝は何ですか?」「何もない」。一番の宝は、私ではなかった。後日、台所で「あなたは、かけがえのない人」とポツリと言った。

「こびと」は希望

影絵作家の藤城清治さんは作品の中に「こびと」を描く。「こびと」は希望なのだという。私はそれを知って嬉しかった。心の中で、「こびと」は希望と何度も繰り返した。

藤城さんは特攻隊員としてゼロ戦に志願したが、目が悪くてかなわなかった。多くの仲間が飛び立ち、そして戦死した。大正十三年（一九二四年）生まれ、九十三歳になった藤城さんは、「作品から生きている喜びを感じてほしい」と今も作り続けている。新作には、虹のかなたに飛び立つ戦闘機と一緒に、夢と希望の象徴の「こびと」が描かれた。そして桜が散る。無数の桜の花びらは、せつない。

私は、「ちいせーェ、なんてちいせーェんだ。人間とは思えない！」「こいつ生きているのかァ、こんなに小さな生き物が世の中にいるのか、信じられない。よく生きているな！」と、屈辱を受けた事があった。黙って下を向き我慢した。歯を食いしばり、拳を握りしめて我慢した。身体が小さい事は変えようがない。

「小さいと言われたくなければ、でかくなれ」「小さいと言われても事実だから我慢しろ」「本当の事を言って何が悪い」。人は何とでも言う。昔は陰口だったが、今では、本人を目の前にして平気で言う。言われた方は、気が弱いと自殺にまで追い込まれる。簡単に死んでしまう。小さい事は、嫌いな牛乳を無理矢理飲んで、涙ぐましい努力をしても改善されない。

三省堂国語辞典には、【こびと　小人】の語義＝名詞①「からだのごく小さい、昔話の中の人」と書いてある。昔話の中の私、歌を「歌う　こびと」は楽しい。歌いながら踊ろう。

小田急線・町田駅の小田急百貨店で藤城清治原画即売会があった。「こびと」のブローチを買った。「こびとは　こいびと」と書いてあった。私は、このブローチを胸につけて童謡の会をしている。

◆【こびと　小人】の語義＝俗語②「せのごく低い人」と書いてある。こちらは実際の人を侮《ぶ》蔑《べっ》的に称するもので、差別用法と見なされる。三省堂に【こびと　小人】の語義の変更を申し出ると、「今後の改訂では誤解が生じないよう、表現を変えて、これらの区別が読み取りやすくなるように修正いたします」と回答があった。

感動の『バリバラ』

Eテレ『バリバラ』「スモールワールド　低身長の世界」平成二十九年六月二十五日夜七時放送を観る。

「低身長への先入観を変えたい」と集まったのは十人の低身長の人たち。番組冒頭で登場したのは、日本一小さい俳優・手品師のマメ山田さん。「Welcome to the Small World」。七十一歳。編物が得意。中学生の時習ったのだそうです。

「白雪姫」の「七人のこびと」をモチーフに、メンバーたちで製作した衣装に身を包み登場したのは西村大樹さん（体育教師志望）、後藤仁美さん（デザイナー）、土井唯菜さん（洋服のリフォーム店に勤務）、山崎萌子さん（スタイリスト志望）、田澤采花さん（会社員）。デザイナーはミシンが上手。ディズニーランドでは、シンデレラ城の「白雪姫と王子」と共演。写真撮影が人気だった。

街頭で、「私たちのこと、知っていますか。○×プロジェクト」を行ってみた。勇気ある行動だ。調査項目は、次の四つ。それぞれ○か×で答えてもらった。

（一）　低身長は、みな障害者だ（障害者手帳をみな持っていると思うか）。
（二）　子どもができることはなんでもできる。
（三）　スポーツが苦手。
（四）　銭湯は子ども料金で入る。

正解はすべて×。（一）は、実際には障害者手帳を持っている人も持っていない人もいる。低身長の原因は、骨の病気やホルモンの分泌異常など、ひとによって異なり、また、歩くことが困難な人から運動が得意な人まで、機能障害にも個人差があるため。西村大樹さんは、ダンスが得意で体育教師志望。中学と高校の体育の教員免許を持っている。話し方も態度もしっかりしていて共感が持てる。賢い好青年だ。

調査の結果、特に誤解されていたのは（二）の「子どもができることはなんでもできる」だ。低身長の場合、腕の長さも短くなる傾向があり、足元にあるモノを取ったりするのが難しい。五歳の子が取れる物が取れない。

「低身長の人たちは、日常生活の中でどんなバリアに直面しているのか？」

・エレベーターのボタンに手が届かない。高い階には住めない。

・店に入っても商品が見えない、見えても取れない、自動販売機で欲しいものが買えない。

身長百十八センチの安原美佐子さん（自立生活支援センター職員）は、そういった場面に直面するたびに、「バリアフリー化が進んでも、自分たちのことは考えられていない」と疎外感を覚えている。安原さんは、洗濯機に落ちそうになったのでトング（挟む物）を使って洗濯層の底の洗濯物を取っている。スタジオのブッタマンさんと、プリティ太田さん（ミゼットプロレス・レスラー）から「今度やってみよう」という声があがった。この工夫はすばらしい。安原さんは、他にも沢山の工夫をして、自立したアパートでの生活をエンジョイしている。

低身長の人たちのプロレスは一時流行《はや》ったが、「見世物」と人権保護団体から批判され衰退し、職を失った。「僕たちは楽しんでやっていたのに」と言うが、事件事故が絶えなかった。

スタジオでは、低身長の人たちならではの「あるある話」を紹介。

・「ファミレスでお子様ランチを勧められる」
・「銭湯で子ども料金しか払わせてくれなかった」
・試食コーナーでは「『お母さんと来てね』と言われた」
・「腕が短くお尻が拭けない」
・「満員電車で鞄が頭にあたって怖い」など、思わぬ物理的なバリアまで様々な悩みやエピソードが出た。

感動だったのは、「小食だと思われて、ごはんが少なく盛られる」という意見の人に対して、自身も障害のある司会者の玉木幸則さんが、「カメラ目線でしっかり言え！」と助言した。彼女はカメラ目線で「私は普通に食べられます」と言った。

続いて「合コンに行ったら女子は私だけで、男子が『女の子も呼ぼう』と言ったんです。私も女子なのに、特別あつかいされた」という意見の人に対しても、玉木さんが、「カメラ目線でしっかり言え！」と助言した。彼女もカメラ目線で「私も女の子です」と言った。

この番組は、みんなのためのバリアフリー・バラエティー『バリバラ』。収録中、「七人のこびと」という言葉以外、「こびと」という言葉を、だれも使わなかった。

自由人「ゆり坊」

私は自由人「ゆり坊」。こんなに小さくなることもできる。

「♪空を飛ぶ鳥のように自由に生きる」。

電車の吊革に手がとどかない

出入口の鉄パイプにつかまって立つしかない。朝十時から始まる童謡の会でも、七時には家を出て、ラッシュアワーを避けて電車に乗るようにしている。

カバンが顔面を直撃

夕方の電車にドドドッと高校球児の一団が乗車して来た。球児が背負っていたカバンが私の顔を殴った。球児の友だちが親指を下に向けて私を示した。球児は私を見るために振り返ったので、再びカバンが私の顔を殴った。往復ビンタになった。彼は、小さい声で、「すみません」と言った。下車して私の顔を見た娘が、「顔、はれてない？」と言った。高校球児は大きい。甲子園、頑張ってください。応援しています。

洗濯機に落ちそうになる

娘にもらった大きな洗濯機を使っている。洗濯層の底にある靴下、手ぬぐい、ハンカチ、パンツ、雑巾が取れない。ドラムを手で回転させて、やっと取る。時間がかかっていたが、トング（挟む物）を使うと簡単に取れた。前記、『バリバラ』に出演した、身長百十八センチの安原美佐子さんのアイディアは、すばらしい。

プールで足がつかない

プールで足がつかない。これほど怖いものはない。最初からハンディがあって練習にならない。だから私は泳げない。

風呂で溺れる

自分一人の時は浴槽の湯は一番少なくして入る。湯の量は、それで十分。ある日、先に入った夫が湯を増やして入った。次に知らずに入って溺れた。鼻から湯を吸ってむせた。頭がキーンとする。ゲンゲン咳き込みながら風呂から出て、夫に「溺れた」と言うのがやっとだった。

子供の靴、子供の服を買う

靴屋の店員が、「二十一センチで、よろしかったでしょうか」と訊いた。私は、「すみません、小さくて」と答えた。若い店員は「ウッ、まずい事を言ってしまった」という顔をし、他の客のてまえ、愛想笑いをした。私も目をそらせて笑った。リボンのついた子供用の、かわいい黒い靴が買えた。高齢者十パーセント割引をしてくれた。

小学生の時、母から買ってもらった水色のワンピースを、まだ着ることができる。気に入っている。娘たちが小学生の時に、私が買ってやった「ちびまる子」のTシャツも着ることができる。

当時、『ちびまる子ちゃん』の漫画が流行《はや》っていた。今は、三L、四L、五Lの洋服が普通に売っている。

ジロジロみられる

ジロジロ見られるのがいやなので、話す時、相手から目をそらせ、下を向いて話す傾向がある。下を向いて生活していることが多い。童謡の会員から注意を受けたが、自信が無いから堂々と胸を張ることができない。

六十五歳を過ぎた今でも、「ありがとうございました」と丁寧に挨拶しても、「どこを見て挨拶してんだよ、だれか、こっち側にいるのかよ！」と注意される。「ごめんなさい」と謝った。初対面の人は苦手で話すことができない。とても悲しい。でも、私にもプライドがある。

私は、小さい頃の記憶がほとんどなく、残っている写真や聞いた話によると、三・四人の子守《こもり》の少女が住み込みでいて、面倒をみていたようです。その少女たちは父の教え子で、知的障害があり、働く場所が無く自分の生活もやっとでした。私は、食事が与えられず栄養失調となり、風邪をこじらせて肺炎になり、下痢が止まらず痩せ細って死にかけました。さらに、トラホームの少女が、自分で使った手ぬぐいで私の顔を拭いていたため、トラホームが移り失明しそうになりました。目つきが悪いのは、これが原因かもしれないと思うことがある。さらに、イスや滑り台から転げ落ちて頭を打ったり、ブランコに当って骨折したり……散々だったようです。よく育ったものです。

平成二十九年十月十五日夜七時からEテレ『バリバラ』で、学校など特定の場面や状況で話せなくなる「場面緘黙（ばめんかんもく）」が放送された。不安障害の一つとされ、五百人に一人ほどいると言われている。しかし、ただの「人見知り」と思われがちで、困っている事を伝えるのも困難なことから、周囲の理解を得られずに孤立している。私は、それほどではないが、突然話せなくなることがある。

中学校一年の担任に理科室に呼び出され、「これだけの文が書けるのだから、まともにしゃべってみろ、説明してみろ！」「返事をしろ、聞こえていないのか！」と怒鳴りつけられた。担任は、自分のクラスに小学生のように小さい私がいるのが気に入らなかった。繰り返し怒鳴られ、恐くて顔があげられなくなった。だれも助けてくれなかった。

「お前は、覇気《はき》がない」と言われ、成績表に「覇気がない」と書かれた。母が学校に呼び出されて注意を受けた。学校にいる間、親代わりとなる担任から「覇気がない子」と決めつけられた生徒の立場はどうだろうか。担任とは心を開いて話す事は一度もなかった。私は中学時代、笑うことがなかった。楽しい事がないままに三年間が過ぎた。目を伏せ、だまって下を向き、おどおどして重く長い三年間が過ぎて行った。丘の上の空は、いつも青く、清々しかったのに、思い出は灰色に塗り込められている。過ぎた日は思い出したくもない。

結婚して、夫にこの話をすると、「その担任はどうかしている。それは誤解というものさ。あなたに覇気がないのなら、他の覇気のない人は、どうなるんだ。生きて行けない」と言った。

一九六十年代、世界は激しく揺れた。一九六三年（昭和三十八年）、ケネディ米大統領暗殺。一九六四年、初めての東京オリンピック開催。一九六五年、米軍が北ベトナム爆撃開始。一九六六年、ビートルズ来日。一九六八年、南ベトナムのソンミ村で米軍による大量虐殺があり、同年、米国のキング牧師が暗殺された。日本でも全国の大学で連日のように学生と機動隊が衝突した。テレビは「コークと呼ぼう、コカコーラ」を連呼し、一ドルが三百六十円の時代だった。ポケットティッシュ、クロワッサン、シュークリームを初めて知ったのも中学校の時だった。生徒の間では「やーねー」という言葉が頻繁に使われていた。彼らは裕福な家で、わがままに育った集団だった。帰宅して母親に学校のようすを話すと、「いやですね」と言えばいいと言われた。家では学校の事は話さなくなった。

田舎で育った私は、突然東京に出されて情緒が著しく不安定になっていた。何が何だかわからない毎日だった。いかがわしい宗教の信者も時折近づいて来たが、入ってしまわなかったのは、中学校がキリスト教系の学園だったからに他ならない。週に一回、礼拝の時間があった。聖書を読み、讃美歌を歌った。私は、この時間が一番嫌いだった。私は今も宗教を持っていない。しかし、私の中からキリスト教の教えが消えることはない。多感な時期の教育がいかに重要かを、その後の人生に大きな影響を与えることを物語っている。

青春時代は、なるべく目立たないようにした。存在を消して暮らした。電車に揺られる遠距離の通学、小田急線の一番に乗って学校へ行った。冬の朝は真っ暗だった。朝食は何も食べず家を出て、昼は菓子パンにコカコーラ、夜はデパートのレストランで食事をした。ひどい食生活だった。小さいのは、遺伝にもよるが、成長期の栄養バランスの悪い食事にもあったと思う。

高校生や大学生になると、仙川にある桐朋学園のレッスン室でピアノの練習をして、小田急の最終電車で帰宅する毎日になった。桐朋学園には夜学があり、レッスン室にはグランドピアノが二台ずつ置かれていた。片手に楽譜を抱え、ヴァイオリンを背負った私は、まるで桐朋学園の学生のようだった。音楽の話をする友だちもできた。その仲間と、新宿のピザハウス・ジローでコンサートをした。レコードや写真が残っている。輝いた一瞬があった。

両親は、痴呆がきて寝たきりとなった祖母の介護にかかりきりだった。家の中はいつも笑いが無く真っ暗だった。その介護の時期と私の青春が重なる。

私が中学一年生の夏、母親が私に失望し、私の教育を放棄した。母親は、「これからは、自分で何でも決めて、自由に生きて行くように。やりたいことをやって、好きに生きて行けばいい。学費や生活費は出す」と言った。「あなたの言っている事が、よくわからない」「あなたの話は、つまらない」とも言った。そして、一緒に住んでいても会話がなかった。話しても理解されなかった。母親は私を生んで、他人に子育てをまかせていたことを悔いていた。自分が育てなかったから、私が曲がった子どもになったのだと悔やんだ。中学生になった私の話に、全くついて行けないのだった。わが子を理解できないでいた。そして、翌年の三月、二十年勤めた小学校の教員を退職した。そこから子育てをやり直そうとしたが、それは、もうかなわなかった。

けれども、自由になった私は嬉しかった。束縛《そくばく》から解放されて自由だった。外食し、ピアノ・ヴァイオリン・声楽・作曲のレッスンに通い、レコードも本も、いくらでも買った。上野のコンサートにも毎晩のように足を運んだ。レコードプレーヤーもグランドピアノも買ってもらって、中学・高校・大学の学生時代を豪勢に過ごした。

しかし、私が本を出版しても、新聞やラジオに出ても、童謡のコンサートをして花束を抱えて帰宅しても、母が喜んでくれたり、ほめてくれたりする事はなかった。母は、「あの時」から私の事が理解できないままだった。普通の親のように、「よかったなあ」と言ってもらいたかったのに。普通の会話がなかった。失望の時がもどる事は、なかった。

大人になると、ついに引きこもりになった。家から出なくても生活して行くことができたのは、夫や子どもたちの理解があったからです。子どもたちは、のびのびと成長した。

これからは普通の生活ができるように頑張りたいと思っています。

子供用の自転車

二十インチの自転車に乗っている。まるでサーカスだ。ある日、マーケットの出入り口で、「この小さい自転車、どこの子の、風でひっくり返っているよ！」と叫んでいる奥さんがいた。私は買い物袋を持ったまま立ち往生した。「私の自転車です」と言って出て行くのは、はばかられた。時間が過ぎるのをジッと待った。

雑草草刈込バサミが使えない

立ったまま草刈りができるハサミを買った。宣伝のチラシのモデルの女性は腰と膝の中間で、チョキチョキとハンドルを動かして楽々と草刈り作業をしている。私「ゆり坊」がやると、オッパイがつかえて（当たって）使えない。ハサミの全長百三センチ、重さ一キロ。大きくて重い。一万円もしたハサミは、一回で倉庫にしまわれた。通販では買物をしなくなった。

マーケットの商品が取れない

高い所に積まれたヨーグルトやジュースに手がとどかない。一緒に来てもらった夫に取ってもらう。そばにいた清掃中の人に頼む事もある。他人に頼む時は、二つ欲しくても一つにする。私は、「親切にしていただいて、どうもありがとう」と言うのを忘れないように心がけている。夫にも言う。親しき仲にも礼儀ありです。

低身長で好かった事はない。夫が、この番組『バリバラ』を一緒に観てくれて嬉しかった。夫は、頑張っている私「ゆり坊」に理解がある。夫に、「高身長で良かった事、悪かった事はありますか？」と訊ねると、「考えたことがない」と優等生な答えが返って来た。

自己主張は実名で

インターネットを使い始めると、匿名が多いのに驚いた。ある日テレビを見ていると、「インターネット上では実名を使うか匿名にするか」の質問に対してジャーナリストの立花隆さんが「匿名に賛成」と言った。私は驚いた。「匿名だと言いたい事が言える。自由に発言できる。インターネットとは、そのようなものでしょう」と言った。尊敬する立花さんの意見に失望した。

私は、「自己主張は、正々堂々と姓名を明らかにすべき。匿名での主張は卑怯で恥ずべき。時として脅しにもなりかねない」と思っている。

最初に出会った出版社の編集長が、「インターネットはゴミのようなものだ。ほとんど間違いだらけで使い物にならない」と言った。私は、これにも驚いた。「匿名」では責任がないから何を書いてもいいのか。

インターネット検索『池田小百合なっとく童謡・唱歌』事典を見た人からメールが来る。私は短くても返信をするようにしている。中には勉強になり、ありがたいものもあるが、独りよがりで返事に困るものもある。インターネットは便利だが、危険も多い。

自慢話

他人の子育てや生き方は、自分の勉強になります。

アグネス・チャンさんの自慢話

アグネス・チャンさんがNHKテレビ『バラエティー生活笑百科《せいかつしょうひゃっか》』に登場し、挨拶した。「みなさん、こんにちは。アグネス・チャンです。私は三人の息子をスタンフォード大学に入学させました。その子育ての本『スタンフォード大に三人の息子を合格させた50の教育法』を出版しました。みなさん読んでください。どうぞよろしくお願いします」と。アグネススマイルの堂々とした態度は、明るくさわやかだった。

孫の自慢話

童謡の会で世間話をしていると、ある人が、「ウチの孫は県立○○高校に通っています」と言った。それを聞いた人が、「ウチの孫は京都大学に合格しました」と言った。さらに「ウチの三人の息子は、三人とも北海道大学を卒業しました」と言う人までいた。「ウチの」「ウチの」と、自慢話が繰り広げられた。

夫が、「その後の生き方が大事です」と言った。みんな、その後どうしているでしょうか。今何をしていますか。

サンダーバードの五人兄弟

平成二十八年十月八日、楽しみに観ていた『サンダーバード ARE GO』が最終回になった。ラッキーナンバーは「3」。黒柳徹子さんが、おばあさんの声で出演した。おばあさんは、いつも失敗して料理を焦がしてしまい笑いを取る。

科学者の遺児の五人兄弟は、レスキュー隊になった。その活躍が、すばらしかった。五人は賢く仲が好かった。この五人を囲む、おじさんやおばあさんたちが、やさしく温かかった。最終回に、レスキュー隊の仲間のケーヨの伯父・フッド（悪役）は力尽きて囚われ、絶対に出ることができない終身刑の牢獄に送られることになった。「終身刑の牢獄」というのがアメリカらしい。

今の時代にマッチしたテンポの速いドラマ展開で面白かった。音楽もかっこ好く、耳に残っています。再放送が何度もあったので私はペープサートとか指人形を作って再現することができるほどです。このように「すばらしい兄弟」の物語なのに、童謡の会員に紹介しても観ている人はいないようだった。

スーパー百歳

平成二十八年十月二十九日、ＮＨＫスペシャル『徹底解明「健康長寿」最新科学が解き明かすスーパー百歳の秘密』を観た。最新の科学で「センテナリアン（百寿者）」たちの、健康の秘密に迫る。そこには人類が健康長寿を実現するカギが隠されていた。

番組には、大正四年（一九一五年）生まれの百一歳の女性が出演した。和菓子屋を営み、一日十時間店番をして働く。レジも打つ看板娘だ。「食べることと寝ることが楽しみ」と、一日三回普通の食事をする。一杯のご飯をペロリと完食した。

慶応大学の長寿研究者が質問をした。

研究者「富士の山」反対から読むと何ですか。

百一歳「ま・や・の・じ・ふ」即答した。

研究者「良くできました。これは難しくて、できる人はなかなかいないです」。

急性炎症である切り傷はすぐ治るが、慢性炎症は年を取ると細胞が弱まり破壊され死んで行く。慢性炎症の値が低い人ほど長寿というデーターが出ている。この大正四年生まれ、百一歳の女性は他の人に比べるとはるかに慢性炎症の値が少ない。百八歳まで生きて長寿で有名になった「きんさん　ぎんさん姉妹」もそうだった。

九十六歳まで生きた私の母は、大正四年生まれ、小学校の教員をしていたこともあり、いつも腕時計をして時間を気にして生きていた。近所の高齢者と違う所だ。食事が取れなくなると衰弱し、枯れるように亡くなった。「体のどこも悪くないのに、もったいないね」と看護婦さんたちが話していた。

新しい事に挑戦し、他人のためになることをする。生きがいを感じるような生活をする事がたいせつ。百歳以上の人が口々に言った。「今が一番幸せ。それは百歳ぐらいから感じるようになった」と。世界最高齢の百十六歳の女性も「今が一番幸せ」と言った。

今年百五歳となった医師の日野原重明さんは、「実は誰でも健康長寿を実現できる」そう断言する。「自分も、百歳ぐらいから今が一番幸せと思うようになった。一日一日を大切にして生きることが大事。私は病院で毎日忙しく働いている。三年後までスケジュールがいっぱいで休む暇がない。東京オリンピックを応援したい。生涯現役で歩き続ける」と結んだ。

老化を防ぐ食事も紹介された。地中海の長寿の村では地元で採れた新鮮な野菜や果物、魚貝類を使った地中海食、日本では日本食を美味しく楽しんで食べること。太陽の光を浴びて野菜や果物を作り、海や川で魚や貝をとる。昔から自給自足の生活は理にかなっていたといえる。

私は、童謡の会を主宰し、老人介護施設で童謡を歌うボランティアをしている。暇がある時は、庭の草むしりや花の世話をする。高齢になった今の生活は、とても好い。五十代より四十代より三十代より好い。

平成二十四年（二〇一二年）正月、童謡の会で挨拶をした。「年を取る毎に元気になります。時代が進み、徐々に古い考え方や、しきたりがなくなり、重き荷が一つずつ消えて行きます。清々しい気分です。手足を自由に伸ばせます。子育ても終わり、これから、ますます何かできるような気がします」。大向こうから「気のせいよ！」と声がかかった。会場は爆笑となった。「♪幸せなら手をたたこう　幸せなら手をたたこう　幸せなら態度でしめそうよ　ほら　みんなで手をたたこう」。

夫にも訊く「今の生活好い？」、すると「まあまあだね」とか、「考えた事もない」と言う。そして、「若くて元気に活動していた頃の方がいい。今は疲れている」と言った。

祈祷

平成二十九年二月十二日、午後二時から寺で第一回の祈祷があるという護摩札の申込書が来た。願意に困った。

良縁成就、安産祈願、学業成就、家内安全、無病息災、商売繁盛、社運隆盛、社内安全、厄難削除、開運厄除、病気平癒、交通安全など、いろいろある。一つ選ぶのは難しい。悩んだ。「どれにしようかな」。

『交通安全』に丸をして申し込んだ。交通安全といっても、飛行機（空の安全）をお願いした。ニューヨークと日本、アルゼンチンと日本、沖縄国内線の安全だ。近年、電車の事故、自動車の事故も多い。

後日、「こんなに大きいの」と驚くほど立派な護摩札をもらった。それからすぐ、悲しい出来事が次々あった。長野県の防災救助ヘリコプターが訓練飛行中、山に追突して墜落した。乗っていた若い隊員九人の命が消えた。私は言葉が無かった。

神奈川県川崎市川崎区池田一丁目の京急線の踏切で男性二人が快速急行電車にひかれて死亡した。七十七歳の男性は自殺するために踏切内に入った。横浜銀行社員の五十二歳の男性が助けるために踏切内に入った。腰付近に手を回すなどして救助しようとしたが二人ともひかれた。警報灯が点滅し、電車が通過するまでの時間は約四十五秒だった。運転手は気がついてブレーキをかけたが間に合わなかった。

高齢者のドライバーの過失事故も絶えない。集団登校の列に突っ込んだ車、運転手は認知症だったので裁判で無罪になった。これでは、亡くなった小学一年生は、やりきれない。

物忘れ

新聞の絵手紙欄に、「驚いた。惚（ほ）れたと惚（ぼ）けたは同じ文字」とあった。なるほど同じ漢字だ。なぜだろう。「惚れた」と「惚けた」は、どのような関係があるのか。六十代に入ると物忘れが激しくなった。そこで、一つ一つ書いておくことにした。痴呆の始まりなのだろうか。

メガネがない

家の二階へ行く階段をあがった。何かをさがしに行ったのだが、それが何かわからないまま一階の台所にもどった。

メガネを紛失した。メガネをかけていないので、メガネを見つけようとしても、なかなかみつからない。夫が、「僕もよくあることです」「きっと、家の中のどこかにありますよ」「最後に使ったのは、いつですか」「僕の責任ではありません」などと言うので、イライラして「メガネが、ないないない！」と叫んだ。

洗濯機の操作

洗濯機が動かなくなった。「故障かな？」ドンドンとたたいてみた。しばらくして、もう一度操作した。「アッ、動いた」。洗濯機は故障していなかった。電源を入れた後、スタートボタンを押すのを忘れていた。「ありえない」ショック。

リュックがない

尊徳記念館に童謡の会の会場予約に行った。受付時間の八時三十分には、まだ早いので二宮金次郎が育った家の縁側で休んだ。小鳥がさえずり静かだ。予約開始十分前になったので受付に行って並んだ。予約は半年前からできる。「ああ、よかった。今回も大丈夫だった」会場費を払い、予約の用紙を受け取った。ホッとしたのもつかの間、いつも背負っているリュックがない。私は真っ青になった。「そうだ、縁側だ」行ってみると、リュックは縁側に転がっていた。「ああ、よかった」。リュックにはマイクが入っている。一番大切な物だ。

電気の消し忘れ

家のトイレの電気が点《つ》いている。だれか入っているのかな？　見に行って消した。しばらくして、またトイレの電気が点いている。「だれか入っているの？」と声をかけ、恐る恐る見たが、だれも入っていなかった。私がトイレに入って、そのたびに消し忘れた。

不思議な現象

職に就けない人が大勢いるというのに、「焼き鳥」や「おにぎり」「餃子」を作る機械が開発され、人がいらなくなっている。家電製品も、全自動洗濯機に加え、「洗濯物折りたたみ」が登場した。

まだ開発段階だが。

　当時の東京都知事・石原慎太郎氏が、「介護の人が不足しているならホームレスを雇ったらいい」との問題発言をしたことがあった。今、インドネシアやマレーシアから介護の人を雇っている。外国人は、安い賃金でも笑顔で働くようだ。

　さらに人工知能での補助ロボットが開発されている。ロボットが抱きかかえて介護をしてくれる。期待したい。しかし、食事を手助けしてくれるロボットは、「サラダにオリーブオイルをかけて」と指示され、誤ってレンジにオリーブオイルをかけてしまうという恐ろしいミスもする。人間の介護士でも、熱湯に老人を入れてしまうミスがあるのだから、ロボットのプログラムミスは起きそうだ。

　東日本大震災で節電が必要という事態が起きた時、石原都知事は「自動販売機を撤去して、コンビニで飲み物を買えばいい」と言った。私は、それはいい考えだと思った。しかし、自動販売機は撤去されないばかりか、増え続けている。パスモやスイカで簡単に買えるようになった。人々は、百円のミネラルウオーターを一本買うためだけに、わざわざコンビニに立ち寄ることはない。忙しい時代だ。お金を支払う時、レジでの販売員との人間関係を嫌う人もいる。

戦艦「武蔵」発見

元アメリカ兵（九十四歳）の証言

「戦争の事は、これまで話さなかった。自慢話になるでしょう」。戦艦「武蔵」が発見された事で話す気になった。

「当時、空軍パイロットだった。日本は大きな戦艦を持っていると聞いていたが、それが「武蔵」と思わなかった。今まで見た事もない大きさだった。戦闘機百三十六機で向かった。私はその中の一機に乗っていた。命令で爆弾を投下した。爆弾はジュウタンのようだった。その上を歩けるくらい沢山の爆弾を投下した。戦争は愚かだった。同じ命令を受けた兵隊が「武蔵」に応戦した。「武蔵」は時間の問題で、大きな戦艦だけに、動けないまま、我々の爆撃をまともに受けて爆発、炎上、沈んで行った。今も中に沢山の兵士がいるのでしょう」と語った。「爆弾はジュウタンのようだった」という証言が印象に残った。

元日本兵（九十一歳）の証言

戦艦「武蔵」の乗組員で、生き残った元日本兵九十一歳は、元アメリカ兵の話を聴いて、「我々と同じに上からの命令でやっていたのですね。戦争は、二度とあってはならないことです」と語った。

嬉しかった

四年に一度のガスの点検があるというので台所の大掃除をした。夫も窓ガラスを拭いてくれた。

「二人でやると楽しいね」「そうだね」。

点検終了後、ガス屋が台所のドアが急に大きな音でバタンと閉まるので、ゆっくり小さい音で閉まるように調節してくれた。助けてくれる人もある。ドアを閉めるたびに「嬉しいなあ」と思います。感謝でいっぱいです。

希望の新年

平成三十年（二〇一八年）一月二日、スーパームーンだ。二階の階段の踊り場の小窓から大きな月がのぞいている。

大正七年（一九一八年）七月一日、鈴木三重吉による児童向け文芸雑誌『赤い鳥』の創刊から今年で百年になる。私が主宰している童謡の会も創設三十周年だ。

「♪みんなで歌えば　心楽し」。真っ青な空、天が高い。

富士山には雪、箱根の山々・金時山・矢倉岳、丹沢の峰を見る。春を迎える水仙、ロウバイ、そして梅が咲いている。寒風の中をＪＲ御殿場線が走り抜けて行く。いい年にしたい。

第2章　食べる

菜の花や月は東に日は西に
与謝蕪村

春の七草を食べる

食用にされる春の七草

〔せり、なずな（ペンペン草）、ごぎょう（母子草）、はこべら（はこべ）、ほとけのざ（コオニタビラコ）、すずな（かぶ）、すずしろ（大根）これぞ七草〕

五節句の一つにあたる正月七日に、七草を入れたおかゆを食べると病気にならないといわれる。昔は六日に野に出て七草を摘み、細かくきざんで、調理した。旧暦の頃の習慣で、新暦の一月七日では季節が少し早い。今は、スーパーでパックに詰めて売っている。見て楽しむ秋の七草に対し、春の七草はビタミン補給に食べるものです。

「ほとけのざ」（コオニタビラコ）は、オニタビラコ、ヤブタビラコなど近縁種があって、タンポポに似ているが、より小形の黄色い花を咲かせる。その中で最も矮小さな一種なのでコオニタビラコ（キク科）という。七草を摘む頃には、まだ開花していないが、休耕田の中をのぞくと、稲の切苅の根本などに普通にみかける。

赤紫色の花を階段状につけるサンガイグサを「ほとけのざ」と呼ぶことがある。これは和名の混同で「七草がゆ」とは関係ない。サンガイグサは、茎の断面が四角形。シソ科の中では、オドリコソウ属に入る。春になると茎を伸ばして河原の土手などを一面うめつくすように開花する。茎の高さは二十センチ内外で、その茎に二枚の葉が対生し、その上に赤紫色の花が咲く。花を立ち姿の仏にたとえると、対生する二枚の葉は、蓮華座で、「仏の座」の和名は、この観察による。

ながめて楽しむ秋の七草

秋に咲く代表的な七つの草花。奈良時代の歌人・山上憶良の詠んだ歌がもとになっている。

〔秋の野に咲きたる花を指折りかき数《かぞ》ふれば七種《ななくさ》の花

萩《はぎ》の花　尾花《おばな》　葛花《くず》　撫子《なでしこ》の花　女郎花《おみなえし》　また藤袴《ふじばかま》　朝貌《あさがお》の花〕山上憶良。

「萩」は万葉集でもっともたくさん詠まれている。秋の字が用いられるほど、秋の花としてなじみ深い。「尾花」はススキの別名。長い穂が馬などの尻尾に似ているので名付けられた。「葛」

は赤紫色の花が咲く。詩歌では裏側が白い葉を詠んだものが多い。「撫子」は日本の女の人の代名詞にも使われる。「女郎花」の「おみな」は若くて美しい女の人のこと。「藤袴」は菊の仲間で川岸などに生える。「朝貌の花」は今でいう桔梗《ききょう》だとされる。紙風船のような形のつぼみが裂けると鮮やかな青い花びらが開く。いずれも静かでやさしい感じのする草花が選ばれている。

ウシガエルを食べる

ＮＨＫテレビ七時のニュース『おはよう日本』で特定外来生物を放送していた。蜘蛛はセアカゴケグモ。奄美大島ではハブの駆除にマングースを放したが、マングースは日中行動し、ハブは夜行性なので効果がなかった。

今、山形県ではウシガエルの駆除に追われている。捕獲したウシガエルはレストランでソテーにして食べる。鶏肉のような味だそうです。

女のアナウンサーは「私は、けっこうです」と言った。私も食べたくない。男のアナウンサーは「食べてみたいですね」と言った。

ゴマサバを食べる

昼のテレビ番組で、福岡グルメを放送した。ゴマサバを大皿にいっぱい花盛りにした刺身がテーブルに並べられた。ゲストの女の子が「ゴマダレをかけて食べるからゴマサバですよね。おいしそう」と言って食べた。板前さんは何も言わなかった。「エッ、違うよ」と思った途端、すぐに訂正の説明があった。

ゴマサバとは、体側正中線上に黒斑があり、体側下半部は銀白色で多数の小黒斑がある。つまり胡麻鯖《ごまさば》。形態からきた名前です。

次に天ぷらが紹介された。新鮮なものは刺身でも食べられるが、傷みが早いので注意が必要。また、アニサキスが寄生している危険もある。

お酢を飲む

母が、「バカは、お酢を飲まない」と言っていたのを思い出した。自然食品の愛好者だった母は、健康のことを書いた本を読んだのでしょう。

そこで、風邪をひかないように願いを込めて、『おいしい酢』を買って飲むことにした。健康によさそうだ。

「スッパイ!」「マズイ!」。そういえば、母が、お酢を飲んでいるのを私は見たことがなかった。

ミネラルウオーター大騒ぎ

夫が、「買い置きしてある水は『富士山麓の水』ではないか？　今、問題になっていて回収しているよ」と言った。知らなかったので驚いた。

ミネラルウオーターから、基準を超える臭素酸が検出されたことがわかり、県は四万五千本余りを回収するよう命じた。回収を命じられたのは、山梨県西桂町の富士ピュアが製造し、名古屋市のポッカサッポロフード＆ビバレッジが販売していた、ペットボトル二リットル入りのミネラルウオーター『富士山麓のきれいな水』。回収は、賞味期限２０１８年8月4日と表記がされているものが対象。八月十五日に製造された商品から、食品衛生法で定める基準値の二倍にあたる一リットルあたり０・０２ミリグラムの臭素酸が検出された。国際がん研究機関では、臭素酸の発ガン性を「グループ2B：ヒトに対しての発がん性の恐れがある」に指定している。ただし、商品を毎日27・5リットル以上摂取しない限り、人体に影響はないという。

私は、災害に備えて断水した時のために二ケース買った。風邪をひいた時、一ケース六本飲み、二ケース目も三本飲んだので残りは三本だけ。「癌になるかもしれない」と慌てた。夫が、「製品の名前も製造販売店も違うから大丈夫だよ」と言ったが、もう残りの三本は全く飲む気にならなかった。捨ててしまうのはもったいないのでペットボトルに書いてあるお客様サービス係に電話をして確かめてみた。

私「ナチュラルミネラルウォーター『富士山麓の水』二リットルを二ケース買ったのですが、飲んでも大丈夫ですか？」

サービス係「お買い上げありがとうございます。当方の商品はトップバリュの製品ですから、大丈夫でございます」。

私「大丈夫だって。『富士山麓の水』と『富士山麓のきれいな水』、まぎらわしい名前だね」

夫「ほら、僕が製品の名前も製造販売店も違うから大丈夫だと言ったのを信用しないからです」。

あれほど「美味しい、美味しい」と言って飲んでいたものが、突然の一言で、全く飲みたくないまずいものになった。

以前、西千葉駅の自動販売機で買ったナチュラルミネラルウォーター『ボルヴィック』が美味しかったので、その後、長い間『ボルヴィック』を飲んでいた。ある日、娘が「それは、フランスで製造された。フランスは核保有国だよ」と言った。「エッ、核実験か」。以後、『ボルビヴィック』は飲んでいない。西千葉駅の自動販売機で買って飲んだ時、美味しかったのは、なんのことはない電車に揺られて喉が渇いていたためだったのでしょう。

バク買い

小田急線の湘南台駅から乗車すると、その車両は混雑していた。前の座席に若い中国人の男性が座っていた。リュックを背負ったまま座っていて、手には『江の島名物タコせんべい』を大量に持っていた。

私は嬉しくなって「江の島に行ってこられたのですか。今日は晴天でしたね。これ美味しいですよ。私も大好きです。でも、味の素の味ですよね」と言いそうになった。落ち着いて座席を観ると、インド・パキスタン系の女性が三人座っていた。こちらも観光客のようだ。小田原も箱根も外国人が多くなりました。彼等に、日本が好い印象に映っているといいです。

子どもの食事対策

まず、お腹をすかせる。食事の前に、お菓子（スナック菓子、クッキー、せんべい、アメ類など）、果物（ミカン、バナナ、リンゴ、イチゴ類など）、飲み物（ジュース、ヤクルト、炭酸水類など）を食べさせない、飲ませない。腹ペコにさせる。

食パンでピザを作る

一枚の食パンにチーズを一枚のせる。トッピングの材料は、野菜類（ミニトマト、ブロッコリー、ピーマン、ニンジンなど）・肉類（ハム、皮なしウインナー、ベーコンなど）・シーフード類（エビ、カニ、ホタテなど）。トッピングは親が一緒にやる。自分でもやらせる。これで栄養はバッチリ。焼けるまで（出来るまで）短時間なので見せる。食に興味を持たせる。

家族みんなで一緒に食べる。笑いのある食卓を囲む、特にママの楽しい笑顔が大切。食事中、怒鳴っていたら食べることがいやになってしまう。

孫の家でやるために練習をした。美味しそうに焼けたので食べた。「ウッ、オオー、アッ熱い半分に切ったミニトマトで舌を焼いた。皮なしウインナー、安物のベーコンは、まずい。ブロッコリーは、茹でておくべきだった。

結局、食べられないことはなかったが、孫の家で作ることは断念した。アイデア倒れになった。買ったピザの方が美味しいとわかると愕然となった。

さらに、キッチンペーパーも買って準備したが無駄になった。「買ったはずのキッチンペーパーが無いわ、スーパーに忘れたのかしら?」買い物から帰ると、夫が間違えてトイレに運んでいた。

アイドルの料理

男性アイドルが料理番組に出演していた。料理の先生が、「じゃあ、イシヅキを取ってもらおうかしら」と言った。するとアイドルが「イシヅキってナニ?」と言った。隣りにいたタレントが、「イシヅキ知らねえのヶ」と言った。さらに、「このキノコの下に付いているのがイシヅキっていうんですか、どうやって取るの?」「あのな、料理した事ねえのヶ」「ボク、朝昼晩、外食です」料理の先生も、番組を観ていた私もあきれた。

女性アイドルが料理番組に出演していた。料理の先生が、「今日は簡単な料理を御紹介します。まず、ベーコンをひと口大に切ってください」と言った。「ひと口大って、これくらいですか?」なんと、アイドルはハサミで切った。そして、「簡単ですね」と言った。昔は包丁を使って料理をしたものです。

もったいない物

さしみのつま

トンカツに付いているキャベツは残さないで食べる。お店では、おかわりをする人もいる。さしみについている細く切った大根（千切りダイコン）は、食べない。血が付いていることもある。水でさらしてあるので栄養がない。味噌汁の具にしても、まずい。捨てざるをえない。何か美味しく食べる料理方法はないものだろうか。

プラカップ

コンビニで買ったイチゴケーキ、ロールケーキの入れ物は、ケーキを食べるとすぐ捨てる。もったいないと思っても、使いようがないので捨てていた。

ある日、テレビで「極貧生活」を紹介していた。その男性は、プラカップの底を上にして、つまり、蓋として冷蔵庫に残り物を保管していた。なるほどと思ったが、ケーキは、もらった物なのだろうか。ケーキ代で他の食品が買える。

白こんにゃく

平成二十九年五月二十八日、午前〇時五分から午前一時三十五分。ＮＨＫテレビ『今夜も生で

さだまさし　～姫路のお城へ兵庫ゴー』を観ていると、さだまさしさんの両側の二人のアシスタント司会者が、〈姫路おでん〉を食べた。さだまさしさんは、「落ち着かないから食べない」と言って食べなかった。普通、司会者やアナウンサーのような話す人は食べない。さだまさしさんは、最後に歌うから食べなかった。歌っている時、ゲップが出たら大変です。

食べている男性が箸でつまんで、お城の形にくりぬかれたコンニャクを見せた。城の形のコンニャクだ。なるほどと思っていると、さださんが「姫路城はシラサギ城といわれているから、コンニャクも白がいいね」と、さりげなく言った。「白いこんにゃくは販売されているか？」「煮込んだら黒っぽくなるか？」どうだろう。

翌日、マーケットで「白こんにゃく」を探した。こんにゃく売り場に沢山の種類のコンニャクがあった。「白こんにゃく」を買った。美味しかった。次回から〈姫路おでん〉には「白こんにゃく」のお城を入れてください。ますます人気になるでしょう。食べに行こう。

早食い大食い

東日本大震災がおきると、早食い大食いの番組が無くなった。あれから六年も過ぎると早食い競争、大食い大会、美味しい料理の番組、食べ歩きの番組が以前より多くなった。時代劇まで料理番組だ。

早食い競争では餅を喉に詰まらせて亡くなる人が出た。大食いで有名な、ギャル曽根さんが、山形牛のステーキを、自分の分一枚食べてから、司会の杉浦太陽君と料理の先生が残した分を食べ、また自ら焼いてもう二枚食べた。私はあきれた。

かつて、「私には、介護をしている母がいます」と言って東京都知事選挙に立候補した人がいた。老人介護施設にいる母親の食事風景が放送された。大匙に大盛りのおかゆを口の中に息つく暇もなく次々入れた、慣れない手つきの息子の行為。「かあちゃん、みんなが観ている。頼むから早く食ってくれよ」と言わんばかりだ。大勢の報道陣のカメラで撮影され、それが日本中に放送された。車椅子の母親は嬉しかっただろうか。日本人は、孝行息子の物語に弱い。彼は当選して東京都知事になった。

「一度に大口で食べず、カレースプーン一杯より少なめの量をひと口にして、三十分以内で食事をすれば誤嚥するリスクはグッと低くなる」。西山耕一郎著『肺炎がいやなら、のどを鍛えなさい』（飛鳥新社）による。

平成二十九年六月十九日、おりしも、テレビでは日本初の「デカ盛り天丼」のルーツを放送中だった。東京都国立市の一橋大学の学生がよく立ち寄るという食堂も放送された。大食いレジェンド三宅智子が、次々完食した。スタジオにいるタレントが、手をたたいてあおった。観ていた私は吐きそうになりテレビを消した。

それでも吸うか

「受動喫煙防止」について議論がおこなわれている。タバコが健康に悪いことは科学的に明らかになっている。国立がん研究センターは、受動喫煙が原因で年間一万五千人が死亡していると推計している。交通事故の約四倍だ。一刻も早く対策が必要です。

以前、有名な報道の記者が肺がんで亡くなった。彼はタバコを吸わないので、受動喫煙によるのではないかと衝撃が走った。

飲食店の入り口に喫煙所があり、何人かの人がタバコを吸っているのを見かける。店に入る際、受動喫煙は避けられず、タバコを吸わない私は不愉快だ。

日曜日、小学校の入り口に禁煙所があり、サッカーや野球の子どもの引率の親が堂々とタバコを吸っている。子どもの教育が盛んだが、家ではどうしているのだろう。子どもは息を止めることや、逃げることができない。

夫の寝タバコが原因で、母親・妻・娘、一家全員逃げ遅れて亡くなったケースがあった。犬の散歩にタバコのポイ捨てをして行く人も後を絶たない。タバコを吸って好い事は一つもない。わからないのだろうか。

ご飯炊けたかな

ある日、テレビで興味深い放送があった。「炊飯器も、米も水の量も同じで炊いたご飯です。赤と青、どちらが美味しいでしょうか」。道行く人たちは、圧倒的に赤の方が多かった。「なぜ赤の方が美味しかったのでしょうか？　巻き戻して見て観ましょう。おや、シャモジを持った人が出て来ましたよ」

美味しかった赤の方は、炊き上がると同時にシャモジで、ご飯をかき混ぜていた。人気のなかった青い方は、かき混ぜていなかった。ただそれだけだった。私は、このひと手間の違いに感動して、早速、結婚した娘たちに伝授した。ウチのご飯が炊けるたびに、「今頃、ご飯をかき混ぜているかな、美味しく炊けたかな？」と思っている。

ウミハミカラ

「ウミハミカラ　カワハカワカラ」呪文のような言葉です。海の魚は身の方から焼く。川魚は皮の方から焼く。

アジの開きは、身を上にして皿に盛る。すぐ骨から身をほぐして食べられるようにという、おもてなしの心です。

噛む

テレビのワイドショーで「食事の時、三十回噛んでから飲み込むと胃に負担がかからず健康にいいので、おすすめします」と話した人がいた。司会者が「ご自身は、どうですか」と訊くと、「僕は、そんなに噛んでいません」と言ったので会場は大笑いになった。「自衛隊員の食事は五分」と聞いた事がある。体に悪いのではないかと心配になりました。

「私は三十回も噛んでいられないわ。いろいろな物を次々たくさん食べたい」。これを聞いた夫が「三十回噛むのは簡単です。十回噛んで三回飲み込むのです」と言った。「あなたは、食事が早いから、きっと三十回も噛んでいないと思うわ」「ときどき三十回噛んでいるよ」。夫は「そうだね」とは言わない。

私は小さい頃から一人で食事をしていて、舌や頬の内側を噛むことがあった。口内炎になって、なかなか治らない。それは、歯並びが悪いからと今まで思っていたが、今回のテレビで、クチャクチャいつまでも噛んで、長く食事をしていることが原因だったと知って驚いた。

木枯し紋次郎の干し芋

木枯し紋次郎（演：中村敦夫）は、道端に倒れている女に出会った。「おめえさん、どうしなすった」と声をかけると、女は「もう三日も、なんにも食べていません」と、か細い声で言った。「あそこに百姓家があるから、あっしが何かもらって来てやりやしょう。待っていなせえ」。百姓にもらった干し芋を手にもどって来ると、女はいなかった。紋次郎は女にだまされた。……紋次郎が手にしていた干し芋は、たった今、袋から出したばかりの角切りタイプの乾燥芋だった。ドラマの消え物の係りの人が買って用意したのでしょう。

これは、今ではどこのマーケットでも冬季限定で売っている。表面に発生する白い粉は、麦芽糖が結晶化した物。私は木枯し紋次郎が大好き。干し芋も大好き。冬になると必ず買って食べる。夫も食べる。買うたびに夫に「木枯し紋次郎の干し芋」の話をする。「紋次郎が手に持っていた干し芋はねえ……」すると夫は、「その話は何度も聞きました」と言う。

悲しい時、苦しい時、くよくよしている時、テレビ時代劇『木枯し紋次郎』の紋次郎は、「過ぎた事は何もなかった事と同じで　ござんす。ずいぶんと、おたっしゃで」と言ってくれる。わが人生に「紋次郎」と「干し芋」は欠かせない。

第3章　言葉

「たしかにかした」
「てんぐのぐんて」
「よるにんじんにるよ」
「イカのダンスはすんだのかい」
「やきいもおとすとおもいきや」
◆「回文《かいぶん》」上から読んでも下から読んでも同じ音（オン）になる文。回文も新しい。

好きな言葉

「おはようございます」は好きな言葉

朝七時、中井町の童謡の会に行くために小田急線に乗った。車掌の車内アナウンスがあった。

「おはようございます。本日も、小田急を御利用いただきありがとうございます」。一瞬、さわやかな秋風が吹きぬけた。

松田町の川音川の橋の手前の横断歩道で交通整理をしている高齢者がいる。「おはようございます。いつもご苦労様です」。六十五歳を過ぎた私は、こんな言葉の一つも言えるようになった。ますます修業を積んで、みんなのお手本の老人になりたい。

四月、小学生の集団登校が行く。先頭は六年生の男女、信号機のない横断歩道を二人とも右手をあげて渡り始めた。先頭の子が「手をあげるんだよ」と言うと、続く一年生も一斉に手をあげた。ところが、最後の六年生の男の子二人は、「手なんてあげない」と言った。今は、大人が手をあげているのを見たことがない。大人があげなければ、子どもはあげるはずがない。

今日も、いつもの緑のパーカーを着た見守りボランティアの高齢者がいた。「おはようございます。ご苦労様です」と挨拶した。すると突然そのボランティアの人が小学生に向って「急いで、緊張を持った行動！」と怒鳴った。私は「はい、すみません」と言った。子どもたちは、親にも「急げ、急げ！」と言われ、やさしく見守りをしてくれるはずの高齢者からも急《せ》き立てられる。子どもも忙しい世の中です。

自転車の事故も多発している。朝は自転車が猛スピードで通り抜ける。ハッとすることもしばしばです。自転車は車なので車道を走るように指導されているが、車道は狭く危ない。特に川音川の橋の上は、バスが通ると巻き込まれる危険がある。歩道を、歩行者と自転車が譲り合い、事故にならないよう、自転車はゆっくり走り、後ろから人を追い越す時は、「おはようございます。左側通ります」と声をかけるようにしてほしいです。

「癒《いや》し」は好きな言葉

三月は卒業のシーズンです。小学校の校庭に卒業生たちの作品がある。ＮＨＫテレビのアナウンサーが「これは何でしょう」と質問した。男の子は「癒しです」と答えた。アナウンサーは驚いて「癒し！」と言ったきり次の言葉がみつからなかった。六年生の男の子から「癒し」という言葉を聞くとは思っていなかったからだ。私も驚いた。それ以来、頭から離れない言葉になった。

「親しき仲にも礼儀あり」は好きな言葉

結婚してしばらくして、母が、「博明さんは、親にも敬語を使うねえ」と言った。夫は「親しき仲にも礼儀あり」を座右の銘にしている。親戚、親、家族、友人知人、だれにでも丁寧な言葉で話す。礼儀正しい。高校まで山形県で育ったが、山形弁は話さない。聞いたことがない。穏やかな標準語です。「僕ほど丁寧な人はいない」と言う。私は見習いたいと思っています。

「継続は力なり」は好きな言葉

童謡の会は、もうすぐ創設三十周年になります。よく続いたものです。最初からの会員から「先生、継続は力ですよ」と言ってもらった。この言葉が励みになっている。まだまだ頑張ろうと思います。このように、ひとにかける言葉は大切です。

嫌いな言葉

「あいまって」は嫌いな言葉

「あいまって」という言葉ほど嫌いな言葉はない。気位《きぐらい》の高い高齢者が好んで使う言葉と思っていたが、最近では若い人も使う。

人気の女性歌手が奈良の大きな寺で派手なコンサートをした。ＮＨＫテレビの若い男性のアナウンサーが「歌が全体の厳《おごそ》かな雰囲気とあいまって」と言った。天気予報士の若い女性も「雨と風があいまって」と使った。

私が「フィギュアスケートでは、多くの選手が『オペラ座の怪人』の音楽を使う。踊りやすいのかしら」と言うと、「音楽が演技とあいまって選手を引き立てるのでしょう」と夫が言った。「あいまって」という言葉は、みんなが使う。よい言葉かもしれない。

「大変だァねえ」は嫌いな言葉

「大変だァねえ」私は、この言葉を聞くと、やる気を失う。ほめ言葉ではないし、応援をする言葉でもない。

庭の草むしりは趣味でやっている。晴れた日、気持ちがいい。草むしりは最高の至福《しふく》の時だ。道を行く人に、「土地が広ければ広いで大変だァねえ」と言われる。

童謡の会は、私の生きがいでやっている。プリントや資料の準備、マイクなどの荷物の運搬は楽しい。ルンルン気分だ。会員から「毎回、準備をするのは大変だァねえ」「大荷物で大変だァねえ」と言われる。

津久井やまゆり園で事件を起こした青年が、「僕が『介護の仕事をしています』と言うと、みんなが『大変だァねえ』と言った。僕は介護の仕事は大変だと思っていなかったのに」と言った。これは、ウソか本当かわからない。青年の率直な気持ちであっても、「重度の障害者は、この社会に必要ない、いなくなればいい」と、十九人も殺してしまった青年に救いはない。

「うざったい」は嫌いな言葉

「うざい」「うざったい」は東京の方言。他の地域で使うこともある。今は面倒な感じを表す言葉として若者によく使われているが、元は「気味が悪い」という意味だった。いずれにしても使いたくない言葉です。言われた人の気持ちになってみてください。

「すげえ」は嫌いな言葉

義足で走る人たちを見て、今一番売れている漫画家が「みんな、すげえ楽しそうですね」と言った。テレビの字幕には「みんな、すごく楽しそうですね」と出た。

落ち込んでいた少女が、車椅子から義足をつけて立ち上がり、風を切って走るアニメの制作中だという。漫画家は、「風を皮膚に感じて走る」これを表現したいと熱く語った。画面いっぱいにタンポポが散って、風に乗って空に舞うアニメ、美しい。それでも「すげえ」は嫌いな言葉です。

奇妙な言葉

「ながら歩き」奇妙な言葉

駅のアナウンス「ながら歩きは危険ですからおやめください」。「ながら歩き」とは聞きなれない奇妙な言葉です。昔は、なかった言葉です。スマホでゲーム「ポケモンGO!」をしながら歩いていて交通事故が多発、死者まで出ている。

二宮金次郎像も批判の対象になっているようだ。歩きながら本を読んでいるため。二宮金次郎像はスマホでゲームをしている訳ではないので同じにしないでほしいものです。「ながら歩き」の青少年は何を考え、どこへ行くのだろう。

「真逆《まぎゃく》」奇妙な言葉

「真逆」(名詞　形容動詞　ダ型活用)は、まったくの逆。正反対の意味。「夫は、私とは真逆の性格です」と使う。すでに三省堂国語辞典に掲載されている。新語ではない。

平成十六年(二〇〇四年)に流行語大賞にノミネートされ脚光をあびた言葉。もとは映画業界用語。照明技術のひとつで、カメラと正対する位置から照明を当てて人物を暗く見せる手法だという。

三省堂国語辞典によると、「まさか」(副詞)は、(一)ありそうもない・(起こりそうもない)ようす。よもや。「まさか知るまい・まさかの初戦敗退」と使う。(二)いくらなんでも。「まさかことわるわけにも　いかない」と使う。
(三) 万一《まんいち》。「まさかの場合」と使う。この時の「まさか」は平仮名で書く。
タレントが、ニュースの解説者が、大学の教授が、「真逆」という言葉をテレビで使うたびに違和感を覚える。夫に、「違和感を覚えるのは、なぜでしょう」と訊ねると、「年を取ってしまって、若い人の言葉についていけないからさ」と答えた。

「長生き」奇妙な言葉

「長生き」は、不思議な言葉です。使う人によって嬉しく聞こえたり、奇妙に聞こえたりする。

ピアノの調律師が帰りがけに「母が長生きをしてくれて、今年百歳になったんですよ。九州の老人ホームにいるんです。なかなか行ってやれないんですが」と嬉しそうに話した。「それは、いいですね。おめでとうございます」私も嬉しくなった。元気をもらった。


お坊さんがお盆の檀家回りに来られた。母と話しているのが聞こえた。「おばあさんは、いくつになられたの」「九十です」「ウチの親戚にも同じぐらいの高齢の人がいるんですよ」「長生きしんだあねえ（長生きをしてくださいい）」「そうだね」。私は、お坊さんの言葉が奇妙に聞こえた。それからしばらくして、お坊さんは母より先に亡くなってしまった。

母は九十六歳まで長生きをした。九十五歳の夏、食欲が亡くなり胃ろうを作ったが翌年春、枯れるように静かに亡くなった。テレビニュースで「三年もつ」と聞いた胃ろうは、半年ももたなかった。

「長生きしんだあねえ」と、お坊さんが母にかけてくれた言葉が繰り返し思い出されます。大正四年生まれの母は、戦前・戦中・戦後を生き、九十六歳まで長生きをして幸せだったでしょうか。

詐欺師《さぎし》は言葉巧み

テレビの人気番組『世界一受けたい授業』で、〈最新版！　詐欺の手口巧妙ワナ『押し買い』〉。担当の先生が、「詐欺師は、好い人のように見える」と、聞き覚えのある言葉を言ったので驚いた。

番組では、青年の販売員が高齢の男性に布団を高額で売りつけようとする。続いてやって来た老人の販売員が、しつこく迫る青年を謝らせて青年を帰らせ、代って老人が家に上がり込み長時間話した上で、布団を高額で売りつけた。青年と老人はペアーの詐欺師だった。高齢の男性はだまされてしまった。

担当の先生が「この老人の販売員が詐欺師に見えますか」。ゲストの人たちは「詐欺師になんか全然見えない」「好い老人だよ」と口々に言った。

わが家の玄関で土下座をした女の事を知人に話すと、「あの人は、好い人のように見える」「地域の道のゴミ拾いの清掃にも参加している」「大声で笑い、明るい人」と言う。詐欺師は口がうまい。言葉巧みに近づいて来る。

「明日、必ず返すからサ、お金を貸してくんない」「何に使うの?」返事が無い。「どうしても必要なの、明日返すからサ、お金貸して」「洋服とか買って、派手に使っているように見えないけれど、何に使うの?」返事が無かった。

女は必死に言葉をたたみかけ、愛想好くすり寄って来た。近所に住んでいても親しく付き合っているわけではなかったが、一瞬「いくらぐらいかな、困っているようなので貸してあげてもいいかな」と思った。貸さなかったのは、何に使うか言わなかったからだ。「明日返す」と言っているのにも不信を抱いた。明日返せるのであるなら、今日は借りずに、お金の目途が立つ明日まで待てばいいではないか。

私は時々思い出しては「これは詐欺師の手口だ。ひっかからなくてよかった」と胸をなでおろしている。

子ども番組を観る

Eテレ『にほんごであそぼ』は、月曜日から金曜日。朝、六時三十五分から四十五分までの放送です。

小の月

「小の月」について、この侍が教えてくれます。

「二（に）四（し）六（む）九（く）十一（さむらい）、小の月」。

平成三十年の「小の月」は、二月二十八日、四月三十日、六月三十日、九月三十日、十一月三十日。それ以外の月は「大の月」で三十一日までである。これは子どもの頃教えてもらった。子どもの頃学習した事は、よく覚えている。

鼻に響かせて「鼻濁音《びだくおん》」

「鼻濁音」は、「がぎぐげご」のガ行の音を「んが　んぎ　んぐ　んげ　んご」という感じで、鼻から抜けるように発音する鼻音のこと。

語頭の「**が**っこう」の「が」、「**ご**はん」の「ご」は濁音の発音になる。語中の「のこ**ぎ**り」の「ぎ」、「め**が**ね」の「が」は鼻濁音で発音する。「雨あ**が**り」も。「鼻濁音」は、発音の事典では濁音と区別するため「ガギグゲゴ」と書く事もある。

『にほんごであそぼ』で、「華麗《かれい》に鼻濁音《びだくおん》」の歌と踊りを放送した。歌は、ちびっこ男子ユニット、「ちーむ★ひこ星」君たち五人。ハンサムな、あもん君、てるみ君、かいと君、はるとも君、けいと君。小さい子たちに大人気だ。みんながまねをして気分よく歌って踊る。「鼻濁音」の勉強になる。

華麗に鼻濁音　　作詞：うなりやベベン　作曲：祐天寺浩美

「ガ」「ガ」「ギ」「ギ」「グゲゴ」「グゲゴ」
♪いかした男は鼻から　おしゃれに「ガ」「ガ」「ガ」「ガ」
あの娘《こ》が見てるよ　やさしく見つめて「ギ」「ギ」「ギ」「ギ」
とどめに強さを　さり気なく「グゲゴ」「グゲゴ」（ゴー！ゴー！）
ガギグゲゴ（ヘイ！）　ガギグゲゴ（ヘイ！）
びだ〜くおんおん　びだ〜くおん　　鼻に響かせて愛語《かた》るのさ

♪夢みる男は夜空を見上げて「ガ」「ガ」「ガ」「ガ」
愛するあの娘《こ》に鼻を響かせて「ギ」「ギ」「ギ」「ギ」
美しい言葉あふれ出す「グゲゴ」「グゲゴ」（ゴー！ゴー！）
ガギグゲゴ（ヘイ！）　ガギグゲゴ（ヘイ！）
びだ〜くおんおん　びだ〜くおん
鼻から優しく　思い届けよう　　鼻から抜くのさ　華麗に鼻濁音（ヘイ！）

続いて朝八時からＮＨＫテレビ朝の連続ドラマ『べっぴんさん』が放送された。主題歌はMr.Childrenの「ヒカリノアトリエ」。出だしは「♪あめ　あ　がーりの　そらに」。「が」が、大声の濁音だ。印象に残る歌詞、「がーりの」とは、いったいなんだろう。「が」が鼻濁音でないから、おかしいのだ。Ｅテレが、子ども番組で注意をうながしているとは奇妙だ。

「○う○う」クイズ

マルに入る言葉はなんですか？

朝、頭がシャキーンとしていないとできない。
一、伸び放題の草は？　　「**ぼうぼう**」。
二、お腹が空いた時は？　「**ぐうぐう**」。
三、月が明るいようすは？　「**こうこう**」。
四、螢を呼ぶときは？　「**ほうほう**　螢こい」。
いくつできましたか？　私は四番しかできませんでした。朝、ぼんやりしていました。夫も即答できず、「難しい」と言いました。

ちょちょいのちょい暗記

『にほんごであそぼ』で放送している「ちょちょいのちょい暗記」が大人気だ。
例えば、東海道五十三次宿場町（一級）、二十四節気（二級）、1より小さい数（三級）、月の名前（四級）、魚づくし（四級）、数の単位（五級）、相撲の決まり手（五級）、賀寿（六級）、手まりうた（六級）、論語（七級）、十二ヶ月（七級）、寿限無（八級）、いろは（八級）、うゐらう売り（八級）、かぞえうた（九級）、十二支（九級）、春の七草（十級）、モシャシャ（十級）など。

四歳の子どもの暗記力は、すごい。四歳の女の子が「論語」を唱える。「まい、四歳です。論語いきます。『しのたまわく、われじゅうゆうごにしてがくにこころざす（吾十有五而志于学）。さんじゅうにしてたつ。しじゅうにしてまどわず。ごじゅうにしててんめいをしる。ろくじゅうにしてみみしたがう。しちじゅうにしてこころのほっするところにしたがって、のりをこえず』八十は、ないの？　大きくなったらお医者さんになります」。

　一人だけではない。四歳の女の子が「十二ヶ月」を唱える。「かのんです、四歳です。十二ヶ月いきます。『卯月（うづき）　皐月（さつき）　水無月（みなづき）　文月（ふみづき）　葉月（はづき）　長月（ながつき）　神無月（かんなづき）　霜月（しもつき）　師走（しわす）　睦月（むつき）　如月（きさらぎ）　弥生（やよい）』　おわり」。夫が一緒に観ていて、「すごいなあ」と言った。

三歳の女の子は「賀寿（がじゅ）」を唱える。「賀寿」ってなに？

「還暦（かんれき）　古稀（こき）　喜寿（きじゅ）　傘寿（さんじゅ）　米寿（べいじゅ）　卒寿（そつじゅ）　白寿（はくじゅ）　上寿（じょうじゅ）　茶寿（ちゃじゅ）　皇寿（こうじゅ）」。

　さらに、二歳の子も「みかです、二歳です。がんばります。『モシャシャのシャ、シャシャシャモシャシャ、モシャシャシャなければ、シャシャシャもシャシャもなし』おしまい」。

◆「モシャシャシャ」とは、関西を中心に伝わるまじない言葉で、糸がこんがらがったときに、節をつけて唱えながら解いていくと、容易にほどけるといいます。五・五・七・七なので簡単に覚えられる。

今日は二歳の女の子が「十二支」を唱えた。「子（ね）　丑（うし）　寅（とら）　卯（う）　辰（たつ）　巳（み）　午（うま）　未（ひつじ）　申（さる）　酉（とり）　戌（いぬ）　亥（い）」。すばらしい。
◆「十二支」は、年を数える言葉です。年だけではなく時間や方角を表す時にも十二支を使っていました。

昔は、暗記は小林一茶や松尾芭蕉の俳句だった。上の五文字を母親が言うと、下の十二文字を子どもが言う。二児の母になった娘は、「今でも覚えている」と言った。

・**雪とけて**村いっぱいの子どもかな　一茶
・**やせ蛙**まけるな一茶これにあり　一茶
・**山路来て**何やらゆかしすみれ草《ぐさ》　芭蕉
・**古池や**蛙飛びこむ水の音　芭蕉

俳句は「ごもじもじ」

『にほんごであそぼ』では「ごもじもじ」の歌で、俳句は五・七・五だと教えている。五歳の子が俳句を作って発表する。楽しそうだ。

「♪ごもじもじ　ななもじなもじ　ごもじもじ」

・「せんめんき　ゆぶねにおくと　たいこだよ」
・「せっけんは　つるつるすべる　つるつるる」
・「おにくはね　おなべでやくと　いろかわる」
・「あかちゃんは　おっぱいのむと　ねてしまう」
・「おうえんの　こえがいっぱい　さかあがり」
・「ほじょなしを　ためしてみたら　すーいすい」

◆ラッキイ池田の言葉「これまでいろんな作品を作って来ましたが、やはり代表作といえば『にほんごであそぼ』の「ごもじもじ、ななもじなもじ、ごもじもじ」でしょう。これは作詞？も僕です。振り付けは、モジモジするだけ。俳句の「五・七・五」を「ごもじもじ、ななもじなもじ、ごもじもじ」と置き換えたんです。これだけでも、作詞印税が入って来ます。流行のものもあるけれど、なんといってもこれは、ずっと残って行く作品だと思います」。……「こどもたち、どんな大人に、なるのかな」。

はんじ絵

「判《はん》じ絵」＝ある意味や形を文字・絵の中にかくして、あてさせるもの。

『にほんごであそぼ』を観ていると、「尻をまくってオナラをしている着物姿の男の絵が描いてある」札と、「大きな岩の描いてある」札が出た。これを組み合わせると何という言葉か？　というのです。私は「何だろう、わからない」と思って観ていた。みなさんは、わかりますか。

次に、答えの漢字が出た。「平和」だった。私は、「エッ、エエーッ！」と思った。オナラは、なんておかしいんだ。だれが考えたのでしょう。「平和」は、こんなあつかいをしていいの？

・「岩の上に鵜《う》が二羽、くちばしをつけている」という絵が出た。何という言葉か？「宇宙」なるほど。

・「巣」と「牛」では何かな？「すもう」だって。

・「歯」と「戸」では何かな？「はと」。これは簡単。

・「歯」と「ネコが逆さに寝ころんでいる絵」は、「箱根」。

・「すり鉢にすり棒　その中に目玉が沢山入っている絵」は、「するめ」。

・「ゾウ」と「金太郎が上半身だけ描かれている絵」これは「ぞうきん」だね。

・「ゾウが二頭いる」のは、「雑煮」。

・「大きな鈴に目が書いてある」のは、「すずめ」。

・「台」に「キツネがのっている」のは、「大根」。

・「歯」と「葛飾北斎の波の絵」は？「はくさい」。北斎もビックリだね。

葛飾北斎の作品の中で躍動感あふれる大波が船を翻弄《ほんろう》するようすを描いた「冨嶽《ふがく》三十六景　神奈川沖浪裏《なみうら》」は、特にすばらしい。ゴッホは弟のテオに宛てた手紙に「この波は爪のようだ。爪がまさに船を捕らえようとしている」と驚きをつづっている。

ことわざ

今まさに旅姿の男が山に通じる道を一歩踏み出そうとしていた。

「千里の道も　一歩から」。

次に、それを見ていた犬が餌を食べて尻尾をふった。

「千里の道も　尻尾から」笑った。頭の中で両方が交互に出て来て何度も笑った。子どもたちは、覚えただろうか。
◆「石橋をたたいて渡る」。次に、「石橋をまたいで渡る」が放送された。おかしいね。

およおよ

「おおきくなったら　よんでほしい　おはなしの　よこくへん」本の紹介もしている。

『蟹工船』女の子が「蟹食べたーい！」と言った。「何か勘違いをしていないかい」。

『怪人二十面相』「この続きがおもしろいよ。ママが助けに来てくれるかな」。

『里見八犬伝』「猫は何匹出て来るかな」。

『一握の砂』「五・七・五・七・七、これは短歌だよ」。

『銀河鉄道の夜』女の子が「どの乗り物に乗ろうかな」と言った。

『モモ』女の子が「桃だあい好き」と言った。

『恩讐の彼方に』女の子が「ぜんぜん知っている言葉がないよ」と言った。

『杜子春』『走れメロス』『人間失格』『吾輩は猫である』『風の又三郎』『変身』……みんな名作。

私の中学校には「必読書」というのがあった。国語の先生が選んだ本だ。次々読んで感想を書いた。読書好きになった。先生に感謝しています。

平成二十九年十一月十三日、人形劇で『ごんぎつね』が紹介された。私が主宰している童謡の会では童謡『こんこん小狐』（作詞：濱田廣介《はまだひろすけ》　作曲：中山晋平）に関連して童話『ごんぎつね』（作・新美南吉《にいみなんきち》）を紹介した。

一人ぼっちになった「ひょうじゅん」と「ごんぎつね」。鉄砲の音、「おまえだったのか、いつも栗をくれたのは」。童謡の会員みんなが最後の部分に感動した。私は号泣した。「さようなら、ごん！　一緒に泣いてあげるよ。人間の人生も同じで、『あの日』のやり直しはできないんだよ。『次』はないんだよ」。

新鮮な童謡・唱歌

『にほんごであそぼ』では、童謡や唱歌が歌われる。例えば「旅愁」「たきび」「スキー」「スキーの歌」「ペチカ」「早春賦」「靴が鳴る」「あの町この町」「雨ふり（アメフリ）」「こんぴらふねふね」「ずいずいずっころばし」「黄金虫」「朧月夜」「椰子の実」「雨降りお月さん」「浜辺の歌」「うみ」「鉄道唱歌」「故郷」「村祭」「夕日」「待ちぼうけ」「冬景色」……が歌われる。

「**村の鍛冶屋**」（「はたらき者」「なが年きたえた」「うちだすすきくわ」と歌っているので、タイトルは「村のかじや」が正しい。昭和二十二年発行『四年生の音楽』文部省掲載）。

「どじょっこふなっこ」（「しがこ」は間違い。「すがこ」と歌うのが正しい。秋田市立金足西小学校の歌碑に書いてある）。

「あわて床屋」（「シャボンを」をひとまとまりの言葉として「しゃぼんをーーとかーし」と歌うのが正しい）。

「茶摘」（タイトルは「茶摘」が正しい。「茶摘み」は間違い。明治四十五年発行『尋常小学唱歌』第三学年用（文部省）初出掲載）。

「夏は来ぬ」（棟（あふち）は古語。「あふ」は「オー」と発音するので「おーち」と歌う。現代かなづかいでは「おうち」と表記する。子ども番組なので、表記のまま「おうち」と歌っているが、ここだけ現代かなづかいではおかしい）。

「毬と殿さま」（次第にテンポアップして歌うように編曲してある。これはすばらしいアイディア。長い歌が、最後まで短い放送時間にはいる。「とおーりへ」「みかーんに」と歌うのが正しい。放送では「とーおりへ」「みーかんに」と歌うように編曲してある）。

どれも新鮮に聴こえるのは、編曲のためです。この番組では編曲者〈おおたかしずる〉の名前が出る。日本では編曲者は、おろそかにされがちです。〈おおたかしずる〉は歌を歌う、いい声だ。七色の歌声を自在に操る。「童謡や唱歌は歌われなくなった」というのは誤りで、歌われている。

◆「おおたか静流《しずる》」は、昭和二十八年（一九五三年）四月十一日生まれ。東京都出身のミュージシャン。武蔵大学人文学部卒業。七歳よりクラシックを習い始め、大学在学中に音楽活動を開始（当初は「大高静子」名で活動）。その後、民俗音楽（日本の伝統音楽・西洋の伝統的声楽）・ジャズ・ワールドミュージックなどノンジャンルの独自の音楽性を追求。ソロ歌手としては平成二年（一九九〇年）テイチクよりデビュー。美しい歌声とスタイルに圧倒される。

かわる子ども番組

『にほんごであそぼ』では、中原中也の「サーカス」「汚れつちまつた悲しみに……」、宮沢賢治の「永訣《えいけつ》の朝」「雨ニモマケズ」「風の又三郎」、清少納言の「枕草子」、山村暮鳥の「雲」も朗読される。悲しいフレーズが胸を打つ。これは子ども番組かと疑う。

コンサートホールに集まった子どもも親も「寿限無《じゅげむ》」を唱える。みんな楽しそうだ。

「寿限無（じゅげむ）　寿限無（じゅげむ）　五劫（ごこう）のすりきれ　海砂利（かいじゃり）水魚（すいぎょ）の水行末（すいぎょうまつ）　雲来末（うんらいまつ）　風来末（ふうらいまつ）　食（く）う寝（ね）るところに　住（す）むところ　やぶらこうじの　ぶらこうじ、パイポ　パイポ　パイポの　シューリンガン　シューリンガンの　グーリンダイ　グーリンダイの　ポンポコピーのポンポコナの　長久命（ちょうきゅうめい）の長助（ちょうすけ）」。

◆長い名前によって起こる笑いを主題にした古典落語の一節で、「寿限無」から「長助」までが、一つの名前。「寿限無」＝限り無い幸福（長く生きて、おめでたい）。「五劫のすりきれ」＝劫（こう）は仏教などインド哲学の用語で、極めて長い宇宙論的な時間の単位。サンスクリット語のカルパ（kalpa कल्प）の音写文字「劫波（劫簸）」を省略したもの。天女が三千年に一度《いちど》下界《げかい》に下るたびに羽衣《はごろも》で岩を撫《な》で、岩の表面が微《かすか》に擦《す》り減り、それを繰り返した。岩を擦《す》り切るのに要する時間が五回（五劫）。つまり永久に近いほど長い期間のこと（別の落語もある）。「海砂利水魚」＝海の砂利や水中の魚のように数限りないことのたとえ。「食う寝る所に住む所」＝衣食住《いしょくじゅう》は欠かせず、これらに困らずに生きて行ける事を祈ったもの。「やぶらこうじ」＝生命力豊かな縁起《えんぎ》物《もの》の木（藪柑子《やぶこうじ》）の名称。「ぶらこうじ」＝単に語呂《ごろ》の関係でつけられた。

話し変わって、「パイポ　パイポ　パイポの　シューリンガン　シューリンガンの　グーリンダイ　グーリンダイの　ポンポコピーのポンポコナ」＝昔、「パイポ」という架空《かくう》の王国の「シューリンガン」王と「グイーリンダイ」后《きさき》の間《あいだ》に生まれ、超長生《ちょうながい》きをした双生児姉妹の名が「ポンポコピー」と「ポンポコナ」。長久と長命を合わせて「長久命」＝長く久しい命、めでたい言葉。長く助ける「長助」から成る名前（インターネットによる）。

子ども番組が、これだけ変化している。童謡の会も新しい曲を取り入れ、新感覚で元気に歌って行きたい。意識の高い童謡の会にしたい。

Eテレ『0655』

『0655』は、Eテレで朝、六時五十五分から五分間放送している。知識がギュッと詰まっていて楽しい番組です。

朝飯前クイズ（1）

「11が55になる、なんだ？」というクイズが出題された。エッ、なんのこと？

「時計の長い針が11を指すと55分になる」「11（『0655』）が7時をおしらせします」

だれが番組をつくっているのだろう。

朝飯前クイズ（2）

「一＝1」「二＝2」「三＝3」「四＝5」「五＝4」「これは、なにかな？」なんだろう？

答えは漢字の画数。なるほど「四」の画数は「5画」、「五」の画数は「4画」ですね。

朝飯前クイズ（3）

「5より2が強く、2より0が強く、0より5が強い、これなんだ？」全然わからない。

答えは「ジャンケン」。「5」＝パー、「2」＝チョキ、「0」＝グー。なるほど。

朝飯前クイズ（4）

「5角形と6角形でできた丸いものは、なんだ？」

答えは「サッカーボール」。

朝飯前クイズ（5）

「ボトルに、あと何ミリリットル入るかわかるのは、どうすればいいか？」

答えは「ボトルを逆さにする」。

朝飯前クイズ（6）

「30円持って買い物に行きました。15円の買い物をしました。おつりはいくらでしょう。

答えは「5円」。これは簡単。

朝飯前クイズ（7）

「〈田中〉の漢字には、四角がいくつあるか？」

答えは「12個」。真四角が5個、長四角7個。これも簡単。

童謡の会で出題した。みんな真剣に考えた。特に田中さんは一生懸命だった。

朝飯前クイズ（8）

「け　め　は　い　て」さて、何の事でしょう？

答えは一文字の体の漢字「毛　目　歯　胃　手」。「は」のところまで唱えるとわかる。

朝飯前クイズ（9）

「星★の中に三角形はいくつあるか？」

答えは「10個」。頭が混乱する。

朝飯前クイズ（10）

「白い犬と黒い犬、どちらが静かか？」

答えは「黒い犬、黙《だま》る」。

朝飯前クイズ⑪

「3つに切るのに6分かかる。では、6つに切るには何分かかるか?」

答えは一回切るのに3分かかるから、五回切るには15分かかる。図を書けばわかるが、それでは時間がかかりすぎて朝飯前クイズにならない。

朝飯前クイズ⑫

「(タコ)たす(イカ)=18とすると、(ツル)たす(カメ)ひく(かかし)たす(ヘビ)=いくつ?」

答えは「5」、足の数だよ。これも、すぐわかった。頭がシャキーン!としてきた。

◆「タコの足は8本」「イカの足は10本」といわれますが、実は一般的に足と呼ばれる部分は本当は腕であり、イカもタコも足は存在しない。ちなみにイカのそれは外見では8本しか見えませんが残りの2本は、普段は体の中に収納して獲物を捕える時に使う触腕と呼ばれるもの。

朝飯前クイズ⑬

「パンダの尻尾は何色か?」「黒だったかな」

「違います。答えは白です。観ているようで、観ていないものですねえ」。

朝飯前クイズ⑭

「浦島太郎が竜宮へ乗って行くカメは、メスか、オスか?」「エッ、わからない」「答えはメスです。卵を産むために海岸に上陸するのはメスのカメだからです」「なるほど、勉強になりました」。

落語も新しい

平成二十九年四月二十三日、日曜日の午後、テレビをつけると「野球」「囲碁」「競馬」「ゴルフ」「クイズ」「落語」をやっていた。Ｅテレで二時三十分から「落語」を観ることにした。以前、夫が「何も見る物が無ければ、Ｅテレを観ましょう」と言ったのを思い出したからだ。

落語ザＭＯＶＩＥ・Ｅ

演目「転失気（てんしき）」

和尚さんが病気になった。医者が、「てんしきは、どうじゃな？」と訊いた。和尚は「てんしき」とは何かわからなかったが、医者に問いただすわけにいかず、あいまいな返事をした。和尚は頭のいい小坊主〈ちんねん〉を呼んで、「てんしきを、預けておいたが持ってきなさい」と言ってみた。するとく〈ちんねん〉は、「和尚様、てんしきとは何ですか？」と言った。

和尚は困って、「隣りの花屋へ行って借りておいで」と言って〈ちんねん〉を使いに出した。花屋も困って「昨日まで二つあったが、一つは神棚に飾って置いた物を親戚が来て持って行った。あと一つは、あと一つは、えーと、今朝、みそ汁に入れて食ってしまったから、ない」と言った。それを聞いた和尚は、〈ちんねん〉に医者の所に薬を取りに行かせ、ついでに「てんしきとは何ですか？」と質問するように、「ただし和尚が訊いて来いと言ったとは言うでないぞ」と言った。〈ちんねん〉は、医者に訊いた「てんしきとは何ですか？」「おならじゃよ」。〈ちんねん〉は、和尚が知らない事を悟った。そして、「てんしきとは、和尚様が大切にしている盃（さかずき）です」と言った。

翌日、医者が診察に来た。和尚は「てんしきを御覧に入れましょう」と言った。医者は仰天して、「そんなものが見られるのですか？」と、いぶかしがった。「これ〈ちんねん〉、てんしきを持って来なさい」。〈ちんねん〉は、隣りの部屋で腹を抱えて笑い転げていた。

医者は、出された箱の紐をほどきながら、「ここに入っているのですか？ フタを開けたら臭くないですか？ 色は黄色ですか？ これまで生きて来て本物を見たことがない」。……

「転失気」＝「おなら」のこと。

落語家が話すのだが、テレビを見ている人には映像（芝居）が進行する。時々落語家も映る。落語家がしゃべるだけで、芝居をしている人は口をパクパクするが、セリフを言わない。昔あった活劇（トーキー）チャンバラ映画、そしてチャップリンの時代のそれだ。

「転失気」の場合、出演者は「医者」「和尚」「小坊主」「花屋」それに「落語家」だ。落語家の話をずっと聞いているより面白い、わかりやすい。これは、テレビ時代の新しい落語の形だ。

落語には必ず「前座」がある。若い新米が務める。次にやる落語家は客の笑いを観ている。「笑いが堅い」と、今日の客は、あまり落語を知らない、落語を聞いたことがない人が大勢来ていると察して「演目」を変更することもあるのだそうです。

汚い言葉

平成二十八年十月二十一日、午後二時七分ごろ、鳥取県中部の倉吉市や湯梨浜市、北栄町で震度六弱の地震があった。

夜、ＮＨＫテレビ『ニュース７』を観ていると倉吉市からの中継で、崩れた建物を見て、取材のアナウンサーが「こりゃァ、ヤバイなァ」と言った。全国放送なので驚いた。「まさか」と耳を疑い、「今、何と言ったのかな」と呆然《ぼうぜん》となった。

翌日、ＮＨＫテレビ『週間ニュース深読み』の冒頭のニュースは、鳥取県中部地震だった。なんと『ニュース７』の倉吉市からの中継、取材のアナウンサーが「こりゃァ、ヤバイなァ」と言っているのが、そのまま使われた。ＮＨＫのアナウンサーが「ヤバイ」という言葉を使うのは品格を損なう。

人気のＮＨＫテレビ『探検バクモン』で、司会をしているタレントの爆笑問題の太田光さんと田中裕二さんが、「スゲー」、「まじかよ」、「ちょろいモンだ」と言う。『超絶　凄ワザ！』でも、千原ジュニアさんが、「スゲー」を大声で連発し、笑いを取る。『超絶　凄ワザ！』というタイトルだからといって「スゲー」を連発していいとは言えない。私は学校で標準語を学習した世代です。子どもや孫たちには使ってほしくない言葉です。

外国語

スペイン語講座で講師が「スペイン語には擬態語、擬声語がないので、日本語をスペイン語に訳す時、困る」と言っていた。擬態語「春の小川はさらさら行くよ」、擬声語「ワンワン」「ニャンニャン」と言う言葉はないのでしょうか。

スペイン語にも擬声語はある。ニワトリの鳴き声は「キッキリキー」、牛は「ムー」です。擬態語はどうでしょうか。

東京都知事・小池百合子氏が、教育について「あたくしもそうでしたが、小さい頃からいろいろな国の言葉を学ぶことは、今後の国際社会において活躍の場が広がり有意義なことです」と言っていた。小池百合子氏はカイロ大学を卒業している。

今は、NHKのアナウンサーは誰でも英語が話せる。天気予報士も。話せないのは国民の選挙で選ばれた大臣の方々。恥かしいことです。英語が話せなければ、沖縄で事件が起きても、強くアメリカ軍に抗議することができない。若い女性の通訳を通してでは意志が伝わらない。

昔、相撲の表彰状を外国人が、「ひょー、しょー、じょー、あんさんは、こんばしょにおいて、せいせきが、ゆーしゅーだったので、これを、ひょーしょーしします」と読みあげた。会場は笑いの渦だった。小学生の私も笑ったのを覚えている。私たち日本の代表者である安倍総理大臣、麻生副総理、高市総務大臣、岸田外務大臣、稲田防衛大臣、（第三次　安倍内閣・第二次改造）らの英語は、笑い者にされていないか。

今年の一文字《ひともじ》

平成二十八年を代表する一文字は、「金」。オリンピックを象徴している。熊本のクマもんは、「心」を書いた。熊本地震の震災復興に協力ありがとうの感謝の心だ。渋谷では、「米」を書いた人がいた。アメリカの大統領選挙、まさかのトランプ氏当選だ。自分の国さえよければ、それでいいのか。若いＮＨＫの天気予報士は「驚」を書いた。今年は予測できない驚きの天候だった。書いてから「うまくないですが、読めます」と言った。私は感動した。

年賀状は幸せの証し

十一月に入ると喪中の葉書が来る。一枚ではない。その中に「六十六歳の妻を亡くしました」というのがあった。享年六十六とは悲しい。

年賀状が出せることは幸せなことです。年賀状は、自分が一年無事に過ごせたという「幸せの証し」です。そう考えると、「謹賀新年　明けましておめでとうございます。本年もどうぞよろしくお願い申し上げます」と書いてあるだけの年賀状も重要と思います。年を取って来て、年賀状が重みをましてきています。

第４章　学ぶ

「桃初めて笑う」

花が咲くことを、昔は笑うといっていました。

桃は、三月下旬から四月上旬（旧暦三月三日ごろ）に開花する。

句読点《くとうてん》を学ぶ

平成二十九年四月十五日、Ｅテレ『スイッチインタビュー　達人達』を観る。

編集工学者の松岡正剛さん七十四歳は、元・雑誌『遊』の編集長。著作は八十冊、自宅兼仕事場の編集工学研究所は三階建てで、あらゆるジャンルの六万冊の本を所有している。

松岡さんが、『ここではきものをぬいでください』の「句読点は、どこにつけるか？」と言った。

句読点によって文脈が違って来る事は、文を書いている人は誰でも知っている。しかし、これには驚いた。

『ここでは、**きものを**ぬいでください。』

『ここで、**はきものを**ぬいでください。』

私は、「ここでは、」と思っていたので驚いた。「ここで、」は意外だった。違う文脈が生まれた。

俳句を学ぶ

平成二十九年一月十五日、朝六時三十五分からEテレ『NHK俳句』を観る。俳句は五・七・五の十七音の世界。この日の選者は堀本裕樹さん。力のある選者です。ゲストは小説家の羽田圭介さん。題は「風花」。風花とは、冬晴れの日に青空から舞い降りる雪片のこと。

芥川賞作家の羽田さんの俳句を、堀本さんが「風花」を詠み込んで直した。
〔冬の朝毎日作るハンバーグ〕成功者K（羽田圭介）
直した俳句〔風花や毎朝作るハンバーグ〕
堀本さん「『朝』『毎日』が重なるので『毎朝』にした。季語は、たまたま今日のお題だったからではなく、『風花』が合う。『ハンバーグを毎日作る』という日常に、『風花』の儚《はかな》さを取り合わせたら面白い」。
羽田さん「勉強になりました」と言った。新感覚の選者に期待したい。
◆堀本裕樹さんは、昭和四十九年、和歌山県生まれ。「いるか句会」「たんぽぽ句会」主宰。「梓」

同人。句集に『熊野曼陀羅』（第三十六回俳人協会新人賞）。著書に小説『いるか句会へようこそ！』。又吉直樹との共著に『芸人と俳人』などがある。

◆【余白の時間　堀本裕樹】

俳句との出会いは、今まで日常のなかで見過ごして気づかなかったことや心に眠っていたことを十七音で発見する喜びになると思います。俳句を作ったり読んだりする時間は豊かな時を育んでくれるはずです。豊かな時は日常のなかの「余白の時間」に生まれることでしょう。「余白の時間」に見たもの、感じたもの、触れたものが心を潤し、俳句の世界を広げてくれます。皆さんの作品を心より楽しみにお待ちしております。

中原中也を学ぶ

平成二十九年一月、月曜日午後十時二十五分からEテレ『100分de名著　中原中也詩集』を観る。一月は中原中也、全四回。今年は、中也生誕百十年、没後八十年の節目の年にあたる。

〈第一回〉一月九日放送。講師は作家の太田治子《おおたはるこ》さん、司会はタレントの伊集院光さん、NHKアナウンサーの磯野佑子さん。テキストにはない「春の日の夕暮」の話になった。

春の日の夕暮

トタンがセンベイ食べて
春の日の夕暮は穏かです
アンダースローされた灰が蒼ざめて
春の日の夕暮は静かです

一行目の「トタンがセンベイ食べて」が話題になった。

司会の伊集院光さんが、「僕は、トタン屋根の上に、まあるい月が出ていて、その月は、かじられて、はじっこが欠けているというイメージだね」と言った。講師の太田治子さんは、「センベイをかじる音がガリガリ、トタンの音」と言った。

私も同じ考えだったので、伊集院さんの意見に驚いた。太田さんも、驚いているのがわかった。伊集院さんの解釈は新しい。夫は、「ダダイズムの影響ですね。突飛な連想を尊ぶ。」と言った。


〔第二回〕一月十六日放送。テキストを買った。家に居ながらにして勉強できる。好い時代です。

朝の歌

樹脂の香に　朝は悩まし
　うしなひし　さまざまのゆめ、
森竝は　風に鳴るかな

ひろごりて　たひらかの空、
　土手づたひ　きえてゆくかな
うつくしき　さまざまの夢。

「森竝《もりなみ》は　風に鳴るかな」とは、美しいフレーズです。中原中也は天才です。

〔第三回〕一月二十三日放送。朗読は森山未来さんが担当している。「月夜の浜辺」の朗読に感動した。力のこもった演じる朗読だった。「月夜の浜辺」の朗読をもう一度聴きたくて一月二十五日、午前五時に起きて五時三十分からの再放送を観た。なんと五時三十分は、Eテレの放送開始時間だった。

月夜の浜辺

月夜の晩に、ボタンが一つ

波打際に、落ちてゐた。

それを拾つて、役立てようと
僕は思つたわけでもないが
なぜだかそれを捨てるに忍びず
僕はそれを、袂《たもと》に入れた。

森山未来さんは、「僕は思つた」、「わけでもないが」と、間を取って朗読をした。私は、このような朗読もあるのかと感動した。

〔第四回〕一月三十日放送。一行目の「思へば遠くへ来たもんだ」は、昭和四十七年（一九七二年）にデビューした武田鉄矢ら三人のフォークグループ海援隊のヒット曲「思えば遠くへ来たもんだ」（一九七八年発売）に使われた。講師の太田治子さんは、この詩が一番好きだそうです。

頑是ない歌

思へば遠くへ来たもんだ
十二の冬のあの夕べ

港の空に鳴り響いた
汽笛の湯気は今いづこ
※「頑是《がんぜ》ない」は、幼くて、ききわけがない。

Ｅテレの子ども番組『にほんごであそぼ』では「サーカス」「汚れつちまった悲しみに」が朗読された。新しくなって行く子ども番組に驚いている。

宮沢賢治を学ぶ

平成二十九年三月、Ｅテレ『１００分de名著　宮沢賢治スペシャル』を観る。本屋で「宮沢賢治詩集」を買った。勉強は楽しい。

風の又三郎

どっどど　どどうど　どどうど　どどう
青いくるみも吹きとばせ
すっぱいかりんも吹きとばせ
どっどど　どどうど　どどうど　どどう

「風の又三郎」は、「どっどど　どどうど　どどうど　どどう」と風が吹いて物語が始まる。「青ぞらで風がどうと鳴る」九月一日の朝、教室に「まるで顔も知らないをかしな赤い髪の子供」が座っていた。彼は、友人たちと、つかのまの学校生活を満喫するが、ある日、突然消え去って行く。「ど」を「怒《ど》」と解釈すれば巨大な「怒《いか》り」の息《いき》のようなもの。子ども番組『にほんごであそぼ』では、能楽師の野村萬斎《のむらまんさい》さんが、赤い衣装で「♪どっどど　どどうど　どどう」と歌い踊る。「ど」は、まさに「怒り」を表現している。「怒り」「怒りにふれる」「怒りをぶちまける」「怒り心頭に発す」「怒り狂う」「怒《おこ》る」。いろいろな「怒」がある。

雨ニモマケズ

雨ニモマケズ
風ニモマケズ
雪ニモ夏ノ暑サニモマケヌ
丈夫ナカラダヲモチ

なぜ「雨ニモマケズ」は国民的な文学になったか。宮沢賢治といえば「雨ニモマケズ　風ニモマケズ」です。この「マケズ」ということが重要。勝つのではなく、負けない。負けない者こそが一番強い。

「ジブンヲカンヂャウニ入レズニ」、個を出して何かを主張しすぎると世間から叩かれる。自分の意見は勘定に入れず、常に人の顔色をうかがい、世間の目を気にして、生きていくことが必要になる。そして最後、「サウイフモノニ　ワタシハナリタイ」と記した。私はそういうものだ、ではなく、そうなりたいと願った。

賢治の死後に発見された「雨ニモマケズ」は、戦争に向かう時局と一つになって、スローガンのように使われるようになった。さらに戦後すぐの時代には、「一日ニ玄米四合ト　味噌ト少シノ野菜ヲタベ」が、中学校の国語の教科書に掲載されるにあたり玄米四合は食料不足の実感とかけ離れているとして三合に変えられたという逸話もあるほど。

戦前・戦中の価値観が否定された戦後も、長く教科書に載って生き続けた。「マケズ」が、戦後の人々の心の支えになった。

『１００分de名著　宮沢賢治スペシャル』を観て学んだからわかった事です。知らない事を知る。私は感動しています。この感動を、みんなに話したいと思っています。

◆宮沢賢治は、急性肺炎で容態が急変する。「法華経」一千部を知人に配布するよう父に遺言し、昭和八年（一九三三年）九月二十一日に亡くなった。

永訣の朝

けふのうちに

とほくへいつてしまふわたくしのいもうとよ
みぞれがふつておもてはへんにあかるいのだ
（あめゆじゆとてちてけんじや）

今から死の世界に旅立って行こうとする妹トシ、（あめゆじゆとてちてけんじや）は、いろいろな解釈がある。（雨雪を取って来てください）というトシの言葉。（雨雪）とは、みぞれのこと。その言葉を受けて「まがつたてつぽうだまのやうに」みぞれの中に飛び出して行く兄。二人の情景が鮮烈に描かれている。賢治はトシと幸せに過ごした幼い頃を思い出しています。せつなくて悲しい。

詩にはトシと賢治だけが描かれているが、実際にはもう一人の妹シゲが傍にいた。岩田シゲの回想録が発見されたと、平成二十九年十二月一日の読売新聞が報じた。

「永訣の朝」の日の情景が書かれているのは、「姉の死」と題した一編。「大正十一年の十一月二十七日、花巻はみぞれでした」という書き出しで、肺結核のため二十四歳で亡くなったトシの臨終の日の家族のようすを振り返る。この時、賢治は二十六歳、シゲは二十一歳。文中でシゲは、トシのために雨雪を取りに出た賢治に同行して、「ビチョビチョと降る雨雪にぬれる兄に傘をさしかけながら、……緑の松の葉に積もった雨雪を両手で大事に取るのを茶碗に受けて、そして松の小枝も折って、病室に入りました」と回想。

また、トシが今度生まれてくるなら「こったに自分の事ばかりで苦しまないように生まれて来る」と言うと、父の政次郎が、賢治らに「皆で（賢治とトシが信じる法華経の）お題目を唱えてすけて（助けて）あげなさい」と言ったという。

賢治は、その場にシゲがいた事を省き、事実を基にして、死のふちにいるトシが見せた気高い精神に応えようとして、自分の祈りと願いの表現にした。賢治とトシ、永遠に美しい。
◆「永訣《えいけつ》」は、永別、永久の別れ、ながの別れ、死別。

廃棄本について

平成二十九年四月二十七日の毎日新聞によると「フランス文学者で元京都大教授、桑原武夫さんの遺族から寄贈された蔵書約一万冊を、京都市が平成二十七年に無断で廃棄していたことが、遺族側関係者などへの取材でわかった。利用実績が少なかったことから、保管の必要はないと判断したという。市教委は判断が誤りだったと認め、遺族に謝罪した」。

個人の蔵書が一万冊とはすごい。遺族は利用してもらおうと寄贈したのでしょう。蔵書データを公表すれば利用者がいたでしょう。図書館なので、同じ本が二冊、三冊とあってもかまわないのではないか。しばしば読みたい本が他の人に借りられていて待つということもあります。各所の図書館に分散するとか、桑原武夫記念館を作ることはできなかったのでしょうか。廃棄処分とは残念です。

平成八年（一九九六年）四月、松田町の図書館に『童謡を歌おう　神奈川の童謡33選』（センチュリー出版）を寄贈に行った。私の最初の著書だ。図書館の受付で「この本を寄贈したいと思います」と言うと、「廃棄本にしておきます」という受付の女性の返事だった。私は耳を疑った。本を持って、事務所に行って抗議した。私が、事務所の窓口で大声を上げて泣いているので、事務所内にいた五、六人の男性が全員部屋から出て来て、泣いている私を取り囲んだ。「この本は初版本で新品です」と言っている所に、図書館の受付の女性が走って来て私から本を受け取った。それで終わった。いったい何だったのだろう。

道徳の教育化　「兵隊さんの汽車」から「汽車ぽっぽ」に

小中学校で平成三十年度以降、道徳が教科化される。これまでの教科外活動から「特別の教科」に格上げされる。他の教科と同様に検定を受けた教科書を使うが、評価は数値ではなく子どもの成長を文章で表す形で行い、入試の合否判定には使わない。

御殿場市教育委員会では、「汽車ぽっぽ」を道徳の副読本に掲載すると聞きました。早速、『読む、歌う　童謡・唱歌の歌詞』改訂十八版を作るにあたり、「兵隊さんの汽車」に手を加え、わかりやすくし、御殿場市教育委員会に手紙と一緒に三冊送りました（平成二十九年五月二十四日）。しかし、受け取ったという連絡はありません。

「兵隊さんの汽車」「汽車ぽっぽ」の作詞者の富原薫は、明治三十八年七月三日、当時の静岡県駿東郡御厨町《すいとうぐんみくりやちょう》御殿場（現・御殿場市）の出身。昭和二年（一九二七年）、準教員として高根尋常高等小学校に転勤。以後三十年余りの間、訓導（戦後は教諭）として昭和三十三年（一九五八年）三月までの大半を高根小学校で勤務し続けた。その期間が富原の作詞作曲の全盛期。詩は、時代的なこともあるが、軍国調の物が多い。「大日本青少年團歌」の作曲もしている。大日本青少年団の団歌の歌曲に応募し当選した。応募には深山芳香（みやまよしか）のペンネームを付記している。

平成二十七年三月二十一日、ＮＨＫ放送九十年記念番組『紅白が生まれた日』は、良くできていました。主演の松山ケンイチさんが、川田正子役の子に、「もう新しい歌詞は覚えましたか」と訊く場面がありました。これで「兵隊さんの汽車」から「汽車ぽっぽ」に変わった事を表現していました。「汽車ぽっぽ」は、レコードに収録されている少女歌手・川田正子さんの歌声を使いました。

では、なぜ「兵隊さんの汽車」が「汽車ぽっぽ」になったのでしょう。昭和二十年（一九四五年）の大晦日のラジオ番組『紅白音楽試合』に、正子が出場し、「兵隊さんの汽車」を歌う事になりました。しかし、ＧＨＱ（連合国軍総司令部）のＣＩＥ（民間情報教育局）から「歌詞をかえなければダメ」と言われました。「兵隊さんの汽車」は、日本の兵隊を励ます歌なので進駐軍の許可が出ませんでした。当時はＣＩＥの指導、監督下にあり、番組計画から台本まで、すべてＣＩＥに提出し、事前に許可を得なければなりませんでした。富原薫が「兵隊さんの汽車」から

「汽車ぽっぽ」に書き直した時の事については諸説があります。物語風に面白おかしく書くには、もってこいの内容だからです。

改作された「汽車ぽっぽ」の三番の歌詞「あかるい　きぼうが　まっている」には、冨原薫の平和への思いが込められています。川田正子さんは、公演で「汽車ぽっぽ」を歌うとき、「この歌は私の歴史そのものです」と紹介していました。「兵隊さんの汽車」と「汽車ぽっぽ」を歌った事については、「曲の方は、かわりなく、戦中戦後の混乱期に大勢の観客の前で、違う歌詞を歌ったと言うこと。この印象は、幼心にも強く、いつまでも心の内に焼きついております」。元の歌の内容が兵士を送り出す光景だったと知る人が次第に少なくなってきました。

冨原薫は時代のメッセージとして歌詞を書き、未来に思いを託して歌詞を書き替えました。「兵隊さんの汽車」と「汽車ぽっぽ」は、まさに時代を伝える歌です。

冨原薫の作詞には「早起き時計」もあります。戦後、進駐軍は集会を規制しました。ラジオ体操も理解されず、一時期取り止めさせられました。当時、日本では朝起きるとラジオ体操をしました。子どもだけでなく大人も家から広場に集まる習慣は、進駐軍にとって「いったいなんだろう?」と不思議だったに違いありません。戦う相談ではないかと警戒したのでしょう。これにより冨原薫と河村光陽が相談して、「さーっさ　ラジオ体操だ」は、「ちゅんちゅくすずめも　よんでいる」に改めました。「ラジオ体操」という言葉を削除してしまうと、三番のラジオ体操のかけ声の「一　二　三」が意味をなしません。この歌には、朝起きてから学校へ行くまでの時間の経過があります。

歌に響き続ける「ちっくたっくちっくたっく　ぼーんぼん」の時計の音を表わした擬音語が効果的です。「ちっくたっく」は、秒針の動きと音を示し、「ぼーんぼん」は時刻を知らせる音です。河村光陽は明確な時計のリズムを表現するために四分の二拍子で作曲しました。見事です。

御殿場市教育委員会の副読本に期待したい。道徳は、子どもたちの心の教育です。方向を間違わないようにしていただきたいものです。

◆「ラジオ体操」は、今年（平成三十年）九十周年になります。戦時中も行われていました。

二宮金次郎を学ぶ

誕生の場所　栢山《かやま》村説

天明《てんめい》七年（一七八七年）七月二十三日（今の暦では九月）、酒匂川《さかわがわ》近くの相模国足柄上郡《さがみのくにあしがらかみぐん》栢山村（現在の小田原市栢山）で、父・利右衛門（りえもん）三十五歳と、母・よし二十一歳の長男として農家に生まれる。

誕生の場所　曽我別所村説

天明七年七月二十三日、母・よしの実家（川久保家）の曽我別所村で生まれ、栢山村で育ちました。

神奈川新聞　平成二十八年八月二十六日『わが人生　60』の著者・田嶋亨《たじますすむ》さんによると次のようです。

『川久保家の当主は代々、太兵衛を名乗っていました。よしの父は十三代目。その頃は豪農で隆盛を極めていました。栢山村の二宮家も金次郎の大伯父である四代目万兵衛と、祖父の銀右衛門の時代は裕福であったことから、銀右衛門の息子の利右衛門と、よしの婚姻話が進んだようです。

利右衛門は栢山で十三石の田畑と家を受け継いでいました。金次郎を身ごもったよしは、曽我別所に里帰りして出産に備えます。

「金次郎の生誕の地は栢山と言われていますが、本当は曽我別所なんですよ。お七夜を過ごして、よしの両親が栢山まで送っていきました。酒匂川は洪水後で荒れていました。道板を用意して手すりの代わりにしたそうです。また、土手が崩れてなくなっていたので、今度は道板を敷いて上がるなど、大変な目に遭いながらも娘と孫の金次郎を送り届けたと、代々伝えられてきているのです」と語るのは、安土桃山時代の初代から数えて十九代目の現在の当主・川久保暉勇《あきお》さん』。

◆「一石」は、「いちごく」と読む。一石は一人の人間が一年間で消費する米の量といわれている。

「川久保家に代々伝えられてきている」話は、小田原市尊徳記念館の館長によると、「どこにも書き残されていない。文献がない」そうです。

昔は実家に帰って出産したので「母・よしの実家（川久保家）の曽我別所村で生まれ、栢山村で育ちました」が正しいのではないかと思いますが、証拠になる文献がないといけないようです。

栢山村で生まれたのなら、金次郎の母だけ実家に帰らないで金次郎を出産したことになってしまいます。それは変です。私は、「金次郎は曽我別所村生まれ」と書いてある物をさがしています。

謎が解けた

なぜ、生家跡地ではなく、村の往来に「二宮先生誕生地」を建碑したのか？
「由緒《ゆいしょ》」よりも「顕彰《けんしょう》」を重視したためだった。
・「由緒」＝ものごとの起こりと、今まで過ぎて来た筋道。来歴。いわれ。家柄。
・「顕彰」＝功績などをたたえて、広く世間に知らせること。
「顕彰」を重視するためには、村の中心を通る道で、その地域を特徴づける建造物（ランドマーク＝目印）である善栄寺の近くを建設場所に選んだ。神奈川から静岡の報徳関係者による支援があった。

証拠となる文献はある

明治四十二年、井口丑二著『報徳物語』（第一編）より抜粋
「村の東端、小田原の方からの入口が東栢山で、ここに「二宮先生誕生地」（渡邊昇子筆）の碑、及び「貧富訓」（筒井憲筆）の碑がある。そこは百余坪ある（栢山共有地）の境内で、四方を花崗石《みかげいし》の玉垣《たまがき》をめぐらし、立派に取り設けてあるが、実は実際の誕生地ではないけれども、便宜に依ッて、此の公道の傍らに建てたといふのである。其の向ひ側《がは》に善榮寺がある。……」

注目したいのは、「実際の誕生地ではないが、便宜《べんぎ》がいいので公道の傍らにたてた」という記述。実際の誕生地ではないと書いてある。

◆平成二十九年度・金次郎を学ぶ会「尊徳記念館ができるまで」講習会（七月十六日）資料を参考にしました。

平和な日々

金次郎の家はかなりの地主であり、働き者の祖父・銀右衛門（ぎんえもん）が荒地を開墾し、あるいは買い求めて金次郎の父・利右衛門（りえもん）に伝えた田畑は、合わせて二町三反《にちょうさんたん》（二・三ヘクタール）ほどでした。利右衛門は「栢山の善人」と言われる人で、母・よしもやさしい人柄で、何不自由ない平和な毎日を送っていました。

◆銀右衛門には子どもがなかったので、甥《おい》である本家の次男を養子にした。この養子が金次郎の父・利右衛門です。

二宮金次郎の家

寛保二年（一七四二年）頃、金次郎の祖父・銀右衛門の代に建てられたと考えられている。享《きょう》和《わ》二年（一八〇二年）、母・よしが亡くなり、金次郎一家が離散すると、売却され他所へ移されたが、昭和三十五年（一九六〇年）、尊徳記念館敷地内のもとの場所に再度移築・復元された。復元されると、近所の幼稚園や小学校の人気の遠足スポットとなりました。

貧しい暮らしの始まり

寛政《かんせい》二年八月二十八日、弟（次男）友吉（のちの三郎左衛門）が生まれる。寛政三年八月、関東地方を大きな暴風雨が襲いました。酒匂川が氾濫し、田畑の大部分が流出する。栢山の被害は大きく、利右衛門の土地はほとんど石や砂の下に埋まってしまいました。五歳の金次郎は梁《はり》（柱の上に渡して屋根を支える材木）の上に乗って、家の中まで渦巻いている濁流を震えながら見ていました。二宮家の貧しい暮らしは、ここから始まるのです。

父の利右衛門は石や砂で埋まった田畑を元通りにするために懸命に働きましたが、大変な仕事でした。殿様に納める年貢米は、それほど減らしてもらえなかったので他の人から米を借り、肥料を借り、お金を借りました。さらに「栢山の善人」といわれた利右衛門は、他人を助けるために自分の土地を失うこともありました。

松苗を植える

寛政十一年十二月三十日、弟（三男）富次郎《とみじろう》が生まれる。この頃、足柄平野を流れる酒匂川は暴れ川だった。洪水で家の田畑が全滅、極貧に陥った。堤防の重要性は子どもながら肝に銘じ、足しげく堤防を見回り「土手坊主」と呼ばれた。子守の代金で松苗二百本を買って土手に植えるなどした。

◆「金次郎の松」神奈川県小田原土木事務所によると、酒匂川の堤防の松は、現在九百七本ある。

樹齢《じゅれい》が百年程度と推測されることから、金次郎が治水のため植えたものではなく、明治期に入って、その遺志を引き継いだ地元住民が植えた二代、三代目らしい。

父が亡くなる

寛政十二年九月二十六日、金次郎の懸命な努力もむなしく、父・利右衛門が四十八歳で亡くなってしまいました。父が亡くなってから、母・よしが幼い弟二人をかかえ、荒れた田畑を耕すのを見て金次郎は、いっそう頑張って働きました。朝早く起きて、日が暮れるまで母を助けて畑仕事をし、夜は遅くまで縄をないました。

母が亡くなる

享和《きょうわ》元年、貧乏のどん底生活を味わう。年末の用意もできない。借金取りが来る時は、みんなで隠れてやり過ごしました。

享和二年一月、大神楽が来るが、お金がなく、戸を閉め居留守を使う。四月四日、父・利右衛門が没した二年後に母・よしも貧困の中で亡くなります。三十六歳の若さでした。

二宮家の崩壊《ほうかい》

享和二年、また酒匂川が氾濫《はんらん》して、わずかに残っていた土地も、再び石や砂の下に埋もれてしまいました。これで二宮家の財産は皆無になりました。

両親を失い、土地を失った兄弟は、どうしてよいかわからず、泣いてばかりいました。親戚が集まって相談し、十六歳の金次郎は、隣りの父方の伯父・二宮万兵衛《まんべえ》があずかることになった。二人の弟（十三歳になる次男の友吉と、四歳になる三男の富次郎）は、母・よしの実家、曽我別所村の川久保太平衛の妻（母方の祖母）が引き取り面倒をみることになりました。家族は離散した。金次郎は十六歳から十八歳まで万兵衛の家で過ごしました。

金次郎の決意

金次郎は、一生懸命土を耕すとともに、学問を通して自らの心を耕そうとしてきました。心を耕すということは、心を広げ理想を持つという事です。

父と母を失い、兄弟が離ればなれになってしまいました。家を立て直し、兄弟一緒に暮らしたいと願っていっそう仕事に励みました。自分の家だけでなく、二宮総本家も、母の実家の川久保家も同じように傾いて行った様子をよく見ているだけに、普通の百姓の働きだけでは、家の立て直しはできないことを知っていました。一生懸命働きながら学びました。

文化《ぶんか》元年、伯父の万兵衛方を去り、村の名主《なぬし》の岡部方に出入りする。岡部家では学問を好み、学者をよんで講義を聴くことが多かったので、その時には金次郎も一緒に熱心にその話を聞いていました。

文化二年、二宮七左衛門方に住み込み、荒れ田を復旧し、耕作を進める。文化三年、生家の近くに小屋を建てて住み独り立ちする。二宮家再興に着手する。田地（九アールあまり）を買い戻す。母の実家にあずけられている弟の生活費や、祖母への小使い・薬代をたびたび送り、二宮総本家の復興のための基金づくりを行いました。

文化四年、弟（三男）富次郎が九歳で亡くなりました。

文化五年、金次郎は一生懸命働いたので、次第に米、金の貸付や小作米の収入が増え、母の実家の川久保家に援助するまでになりました。生活にゆとりができてきて、絵や俳句をたしなむ。

文化七年十月、江戸へ行く。十一月、伊勢・京都・奈良・吉野・大阪・琴平などを旅行する余裕ができました。

文化九年、小田原藩の家老・服部十郎兵衛《はっとりじゅうろべえ》の家に住み込み、若党《わかとう》（奉公人）になる。三人の息子の教育係などを勤める。学問を学び、財産を増やし、着実に二宮家の立て直しを行って行きました。一町五反（一・五ヘクタール）近くの地主になりました。
◆「一ヘクタール」は、百メートル×百メートルで一万平方メートル。「一アール」は、十メートル×十メートルで百平方メートル。

尊徳も新しい

小田原市は道徳・社会科の学習として四年生に二宮金次郎の研究を課題にしています。展示発表、作文の発表、農作業の体験学習もあり、よいことです。

金次郎は、昼は働き夜遅くまで読書したので、菜種油がもったいないと二宮万兵衛に叱られます。小学生の研究展示発表の中に「万兵衛さんは意地悪な人」「万兵衛さんは、おこりんぼう」と書いてあり、ほほえましい。小学生は素直にそう感じるのでしょう。万兵衛は強欲非道と思われていますが、勉強するよりも農業に励むよう叱ったと思います。

小学生が作った　俳句「カルタ」（二〇一七年）

今どきの子どもたちの解釈です。

・本を読む　尊徳さんは　頭いい
・万兵衛は　尊徳育てて　疲れてる
・ろうそくの　油を無駄に　本を読む
・油をね　夜に使って　明るいよ
・利右衛門《りえもん》は　お人よしだよ　あますぎる
・ルンルンと　歩いていたら　苗みつけ
・稲の苗　育てて取って　おらの物
・へんだよね　尊徳さんが　武士になる
・歴史には　こんないい人　いたんだな

『尊徳祭』では、子どもの作文の表彰があります。俳句カルタの表彰もあるといいと思います。俳句カルタは毎年おもしろくなっています。Eテレの子ども番組『にほんごであそぼ』の〈ごもじもじ〉「♪ごもじもじ　ななもじなもじ　ごもじもじ　みんなで作ろう　ごもじもじ」の影響でしょうか。

のちに尊徳が弟子らに語った話が「語録」や「夜話」など、数多く残されている。例えが上手で、字の読めない農民にも理解できた。

「湯船の話」譲《ゆず》って損《そん》なく　奪《うば》って益《えき》なし。

風呂で熱い湯を自分の方にかき寄せても反転して逃げて行く。逆に押しやるとこちらへ回ってくる。動物のような奪い合いより、人道の譲り合いの和が大切ということ。

「積小《せきしょう》為《い》大《だい》」小さな努力の積み重ねが、やがて大きな成果に結びつく。

「天地《あめつち》の心」声《おと》もなく香もなく常に天地は　かゝざる経《きょう》をくり返しつゝ。

実験をする

Eテレ『2355』（金曜日）、爆笑問題の田中とみなさんによる『夜ふかしワークショップ』がおもしろいので、やってみた。未知の物にチャレンジするのは楽しい。解説は太田光さん。太田さんの解説はわかりやすい。

「簡単に性質をかえる」の巻

用意する物（ステンレスのフォーク、十円玉、針金、磁石、金づち、ペンチ）。

太田さん「十円玉は磁石につくか？」田中さん「つかない」。

「ステンレスのフォークの先は磁石につくか？」「つく」。

「ステンレスのフォークの真ん中は磁石につくか？」「つかない」。

「針金はつくか？」「つかない」。

「では、あることをすると針金は磁石につく。それはどれか？」
（一）ライターであぶる。
（二）電池で電流を流す。
（三）ペンチで曲げる。〇正解。ペンチで曲げると磁石につく。
「ステンレスのフォークの真ん中も、金づちでたたくとつく」というのだが、
台所にあるフォークを全部ためしたが、全部磁石についた。田中さんの持っていたフォークの
「ステンレスのフォークの真ん中は、たたかなくても最初から磁石につく」。
真ん中は磁石につかなかった。金づちでたたくと磁石についた。「ウチのフォークと、どこが違うのか、なぞです」。

「視覚の仕組みがわかる」の巻

紙を筒状に丸める。遠くの物（コップやタンスなど）をのぞく。のぞいていない目も開ける。

筒の横に手を近づける。そのまま両目は開けておく。手のひらに丸い穴があいたように見える。

「手に穴があく。不思議」。

「あの声の作り方」の巻

用意する物（紙コップ、マーブルチョコレート、またはお菓子のラムネでもよい）。紙コップにマーブル玉を入れる。紙コップに口をつけて話す。

「みなさん、おはようございます。今日も元気に歌いましょう」とやった。童謡の会員は突然の事に驚き、爆笑となった。

「缶を斜めに立ててみよ」の巻

用意する物（コーラの缶）。

一、飲んでパワーをつける。二、温める。三、ふって泡立てる。

答えは「三分の二飲む。一が正解」。

翌日、コーラの缶を買って来てためした。少し飲んでは立て、飲んでは立て、「オオッ、立った」と思ったその瞬間、テーブルに缶が転がった。残っていたコーラがこぼれた。床にも。田中さんの缶が見事に立ったからといって、同じようにずっと立っているわけではない。缶が斜めに立っても油断大敵の実験です。

「おでこで逆さ文字」の巻

用意する物（ペン、紙）。

太田さん「自分の名前を逆さ文字で書いてください」田中さん「難しい」。

太田さん「では、おでこに紙をあてて書いてみてください」田中さん「書けた」。

最初は、ひらがなで一文字ずつ書くのがコツです。書けたかどうか、鏡を使って確認します。

だれでも簡単に逆さ文字を書くことができます。

「ダイラタンシーで遊ぶ」の巻

目的　ダイラタンシー現象とは、物体の内部に力がかかり、液体の状態から固体に変化する現象です。原理としては、物体（片栗粉）の粒子に力が加わると、その微細な粒子が密集して粒子間の隙間が小さくなり、強度が増し固体になります。しかし力を加えるのを止めると再び粒子の隙間が広がり、元の液体へと戻ります。
用意する物（片栗粉、水、ボール、リンゴなどの堅い物）。
実験手順　片栗粉をボールに入れ、水を加えます。水の量は（片栗粉2）に対して（水1）を使用。水を加えたらよくかき混ぜます。これで、ダイラタンシーの出来上がり。非常に簡単。
実験方法　出来上がったダイラタンシーは握っている時は固いが、手を広げると液体に戻ってしまいます。高い位置からリンゴなどの堅い物を落とします。どうなりましたか？
冷蔵庫に期限切れの片栗粉が一袋あったので、捨てる前にダイラタンシーを作って遊ぶことにした。ボールに片栗粉一袋を入れ、水を入れて溶かした。「これでよし」。リンゴを高い位置から落とした。台所に悲鳴があがった。「ウワーッ！」顔に、台所中に、白い色の水が飛び散った。掃除に手間取った。ダイラタンシーはできていなかった。

夫に話すと、「片栗粉と水の分量を間違えたのでしょう」と言った。「エッ、分量？」すっかり忘れていた。

「どちらが厚いか」の巻

用意する物（十円十個、百円十個）。これを重ねて比べる。

「十円玉と百円玉、どちらが厚いか？　どのようにしたら簡単に厚さの違いがわかるでしょうか？」。私は、これは簡単、答えは「百円玉が厚い」と思った。

十個重ねる前に、五・六個重ねた時点で百円玉が厚いことがわかる。お金は身近なものなので、実際に実験してみると楽しい。

「レーズンの運命」の巻

用意する物（水を入れたコップ、炭酸水を入れたコップ、レーズン）。

「水の入ったコップにレーズンを一粒いれる。浮くか沈むか？」沈む。

「炭酸水の入ったコップにレーズンを一粒入れる。浮くか沈むか？」コップの底に沈んだレーズンは、炭酸ガスの泡をまとって浮いて来る。浮き上がったレーズンは泡が消えると下に沈む。

浮き沈みする。

一度使った炭酸水を飲んでから、爆笑問題の田中さんがしたようにスプーンでかき回し泡立ててからレーズンを入れてみた。結果は同じだった。

次に使った炭酸水を飲んでから、今度は、おおきさの違うレーズンで競わせることにした。第一のコース・ゆり坊（小粒）、第二のコース・マサオ君（中粒）、第三のコース・よっちゃん（同じく中粒）、第四のコース・大翔丸君（大粒）……

一斉に炭酸水に入れた。おお、ゆり坊が激しく浮いたり沈んだり。マサオ君もスイスイ調子に乗っている。よっちゃんは、やっと一回、そして二回、三回。頑張れ　ガンバレ！　すごいぞ、その調子だ。おお、やったね。大粒の大翔丸君は全く動きを見せません。沈んだままです。なぜでしょう？

「箸で裏返してみましょうか」「反応がありませんねえ」「殴ってみましょうか」「暴力はいけません」「沈黙は金とも言いますね」「そろそろ時間です」。

ああ、おもしろかった。久々に興奮した。ゲップが出た。三ツ矢サイダーを一本飲みほした。お腹が冷えた。寒い、ゾクゾクする。今日は平成二十九年十二月一日（金曜日）「Ｅテレ『２３５５』の時間です」。

「きっかり半分にする」の巻

円筒形のカップにコーヒーが入っている。円筒形であることが大切。このコーヒーを、きっかり半分にするには、どうするか？

田中さんと私はわかりませんでした。考え込みました。「どうするのでしょうか？」正解は、「傾けてカップの底が見えるまで中のコーヒーを飲む」でした。田中さんと私は感動しました。これを観るために「夜ふかし」をしてよかったと思いました。

翌朝、夫に話すと「底が見えるまで飲む」と即答しました。「なぜ、わかったの？」「だれでもわかるよ」「そうですか」。夜中の感動は、いったい何だったのでしょうか。「つまんないいな」。

◆「きっかり」すこしのくいちがいもないようす。ちょうど。かっきり。きっちり。

第5章　考えよう

ゆあーん　ゆよーん　ゆやゆよん
ゆあーん　ゆよーん　ゆやゆよん
中原中也『サーカス』より

ボランティアを考えよう

テレビニュースを観ていると、新宿のバスターミナルから東日本大震災のあった福島県へボランティアに行く人々が映った。「僕は百十一回です」と中年の男性が言った。送迎バスを無料で提供している会社の社長さんは、「もう四百回になります」と言った。私は、これは国がやることだろうと思った。

昼のバラエティー番組を観ていると、俳優の杉良太郎さんが出演していた。杉さんは東南アジアの貧しい子どもたちに学校や病院を提供し、支援している。大勢の子どもの里親にもなっている。

杉さんが「ボランティアは、見返りを求めません。たとえ『ありがとう』と言う言葉でも」と言ったので驚いた。私は、老人介護施設や病院で、童謡の会の会員と一緒に歌を歌うボランティアをしている。「楽しかったです。また来てください」「今日は、踊りはないの?」「次回は『みかんの花咲く丘』や『牛若丸』をやってください」と言われると嬉しい。また行こうと思う。「ありがとう」と言う言葉がなかったらどうだろう。

さらに、杉さんが「寄付は、お金と時間」と言ったので驚いた。私は、自費出版で作った『読む、歌う　童謡・唱歌の歌詞』(夢工房)の歌の本を寄付している。施設の方々が喜んで使っていると聞けば嬉しい。しかし、「いらない」と言う施設長もいる。

「時間を寄付する」という言葉は衝撃的でした。ボランティアには「時間」が必要だ。「時間」を作らなければ、できないことです。

杉良太郎さんの言葉

「福祉を実行するには確かに時間とお金がかかる。特にお金がないと見栄えのいい福祉はできません。でも、お金がない人は時間を寄付すればいい。お金も時間もない人は、福祉に対する理解を示し、実際に活動をしている人に拍手を送るだけで十分。それでもう立派な福祉家なんです。福祉ってそういうものです」。杉良太郎さんはカッコ好すぎる。

息子の山田純大さんの話になると嬉しそうだった。「純大は、良く育ちました。だれからも褒められる。人脈も多く、俺より多いんじゃあないかな。でも、芸能界では真面目で好い人だけではダメで、はったりがきかなければダメだね。これからどうなるかね。」
◆山田純大さんは、成城学園初等学校卒、ハワイの中学・高校を経て、ハワイ大学から転校し、米・ペパーダイン大学国際関係学部アジア学科卒業。卒業直後、一時期報道の特派員になった。「大統領のインタビューの席にいたのだが、手をあげたら指名された。仰天して頭が真っ白になった経験がある」と話していた。さわやかな青年です。

消費税はゼロパーセント

平成二十八年七月十日、参議院議員選挙があった。テレビで政見放送を聴いていると、女性の立候補者が「私が留学したアメリカでは消費税はゼロでした」と言った。

早速、娘にメールをした。「アメリカでは消費税は0%《パーセント》なのですか、教えてください」。すぐ、娘から返信があった。「消費税、ありますよ。州によって違うけれど（州イコール小さい国だから）ニューヨーク州は8・875%です。内訳は州税4・375%、市税4・5%。ただし物によってかかるものとかからないもの、市税だけがかかるものとか複雑に分かれています。例えば洋服110$《ドル》以下は無税。美容系サービスは市税のみ。ホテル消費税はないけれどホテル税14・75%プラス3・50$（客室占有税）。あとは全てに税がかかります。

隣のニュージャージー州の消費税は、7%で、洋服、靴、薬、食品には税金がかからないので、学生は大体ニュージャージー州で買い物をするから、こちらの話じゃないのかな。ニューヨーク州の人はニュージャージーとかカナダとかに買い物に行くから。でも他のもの、例えば文房具とか本とか食器とかには消費税がかかります。（娘が高校二年生の時に留学したカリフォルニア州バークレー校の売店では、ノートを買うのに20％の消費税がかかった）。

生活必需品が無税という州が多いようだけれど、その基準も州によってまちまち。メリーランド州では炭酸飲料も無税だったが、肥満の人が多いから課税しようという動きがありました。

州ごとに決まっていて、日本のように国で税金を取ってないから免税システムはないです。

アメリカで消費税０％は、完全な嘘です。または、住んでいたのに、社会の仕組みについては無知・無頓着かどちらかで、いずれにしても政治家の資質はないと思います。メールには、「よく考えてみて」と締めくくられていました。「娘に教えてもらうなんて、おかしいね」と返信した。

◆「メリーランド州では」というのは、娘たち夫婦が、メリーランド州立大学が用意してくれた招待研究員住宅に約二年間住んでいた頃の事です。現在は、コカコーラなどの炭酸飲料は課税されています。肥満の人は、成人病などのリスクが高くなる傾向にあるからです。これは、テレビニュースにもなりました。童謡の会で話すと、「そのニュース、観た」と言う人が大勢いました。意識の高い童謡の会です。

名前を連呼の選挙

平成二十八年九月十日、大井町町議会議員選挙があった。政党の支援を受けた人は当選。親戚の多い人は当選という選挙結果だった。「活気ある大井町にします。私に清き一票を、心からお願い申し上げます」。候補者が選挙カーから名前を連呼した。

選挙が終わると、町役場、相模金子駅、大井小学校付近の区画整理が始まった。これから家が建設され、活気ある町になります。みんなが期待する町です。ウグイス、キジ、ヒバリは啼きません。レンゲ、シロツメクサ、麦笛で遊ぶ子ども、キャベツ畑のモンシロチョウもいなくなります。

「私、ゆり坊は、毎年キジがやって来て、ケン　ケンと啼く、この田舎町が気に入っています。みんなの力で静かな緑の町を守ろうではありませんか」。

庭で草むしりをしていると、上下水道のメーター検査員が来た。「このように緑があるとホッとしますね」と言って通りすぎた。「今日は本当に暑い日ですね。ご苦労様です」。

私が大学生の時、東京都東村山市の市議会議員選挙があった。男子学生が立候補して当選した。応援で選挙カーに乗った友だちの女子学生は、「市内を、名前だけを連呼して、ぐるぐる回り、気持ちが悪くて吐きそうだった」と言っていた。当選した人は、今どうしているだろうか。時々思い出します。

名誉東京都民

平成二十八年十月三日、名誉都民の顕彰式が都庁で開かれた。

「大村智《おおむらさとし》さん」八十一歳、ノーベル生理学・医学賞を受賞した北里大特別栄誉教授　世田谷区在住。

「小澤征爾《おざわせいじ》さん」八十一歳、指揮者「世界のオザワ」世田谷区在住。

「三宅義信《みやけよしのぶ》さん」七十六歳、ウエイトリフティング協会会長　オリンピック重量挙げ金メダリスト　練馬区在住。

小池百合子東京都知事が、称号記と記章を手渡した。渡す方も、受け取る方も、ニッコリ笑って、みんな嬉しそうだ。テレビから流れるニュースに感動して拍手した。

四日、読売新聞には一行も報道されなかった。なぜなら、トップ記事は「大隅良典《おおすみよしのり》さんノーベル生理学・医学賞受賞」だったから。日本中が日本人のノーベル賞受賞にわいた。それで名誉都民の顕彰式のことを、ここに書いておくことにしました。

死ぬこと

「死ぬ」これほど怖いものはない。自分の死だけでなく、他人の死もおそろしい。私は、いつ病院から父と母の死の連絡が来るかと毎日怖くてたまらなかった。

テレビニュースの事故死には、テレビに向かって手を合わせて拝む。今日も、建設中の十階のビルの工事現場で移動していた鉄のパイプが路上に落下、下を歩いていた男性の頭に突き刺さり即死した。工事現場下の誘導員は上で鉄のパイプをワイヤーで吊って移動中であることに気がついていなかったという。誘導員は何の知識もない素人だ。

NHKテレビ朝の連続ドラマ『べっぴんさん』、開始早々主人公すみれの母親・坂東はなが亡くなった。天国に旅立つ母親が「これからは大切な人たちを見守って行ける」という場面があった。それは美しかった。私は考え込んでしまった。

死刑廃止論

平成二十八年十月七日、日弁連は福井市で人権擁護大会を開き、二〇二〇年までの死刑制度廃止と終身刑の導入を国に求める宣言を採択した。

死刑制度廃止賛成派は、提案理由の中で「冤罪《えんざい》」をあげている。袴田《はかまだ》事件がその例だ。控訴しなければ死刑が執行されて生命が奪われていた。「間違いだった」では済まされない。死刑を執行してしまってからでは遅い。しかし、冤罪を見抜くのは今でも難しい。人は平気でウソをつくからだ。

討論では賛成派が「人は変わるということを前提に刑事裁判に取り組んできた」と訴えた。弁護士が担当の犯罪者に対して「人は変わる」との思いで弁護するのは当然だが、本人が変っても、世間は許さない。ささいな遠い過去の出来事であっても許さない。

七日の出席者七百八十六人のうち五百四十六人が宣言に賛成した。反対派は「死刑を望む遺族の気持ちに逆らうことはできない」と反論した。

津久井やまゆり園の事件では十九人が殺害された。重度の障害者ばかりを狙った計画的な犯行だった。この場合、死を持って償わなければ他に謝る方法がない。犯人の弱者に対する誹謗中《ひぼうちゅう》傷《しょう》の考えが変わるとは、とても思えない。

過去には、「誰でもいいから人を殺して死刑になりたかった」と、無差別に人を殺す事件も起きている。殺された人は何の罪もない一般の人だ。もっと生きたかっただろう。被害者遺族は死刑廃止でいいのか。それでいいのか。事件の被害者遺族らと議論を重ねても、理解を深めることはありえない。

六日のシンポジウムでは、僧侶で作家の瀬戸内寂聴さんが「人間が人間を殺すのは一番野蛮なこと。みなさん頑張って、『殺さない』って唱《とな》えてください。殺したがるバカどもと戦ってください」と発言。制度を批判するビデオメッセージが流された。会場にいた被害者遺族が反発し、大会実行委員会が七日、「配慮がなかった事をお詫びする」と陳謝《ちんしゃ》した。どう考えても「殺したがるバカども」とは言い過ぎだろう。後日、寂聴さんも謝った。

会場には、全国犯罪被害者の会（あすの会）のメンバーや、被害者支援に取り組む弁護士らがいた。自らも妻を殺害された岡村勲弁護士は「被害者遺族は、加害者に命で償ってもらいたいと思っている。それをバカ呼ばわりされるいわれはない」と話した。もっともだ。

では、死刑制度は犯罪の抑止力《よくしりょく》になっているか。昔読んだ新聞の投書の中に、「戦後の食糧難の時代、家に二人の泥棒が入った。私は縛り上げられた。一人が『顔を見られているから殺してしまおう』と言ったが、もう一人が『物を盗んだぐらいでは罪は軽いが、人を殺したら死刑だ。放っておこう』と言って逃げて行った。それで私は助かりました」というのがあった。死刑を廃止している国々の人の意見を訊きたいものです。

米兵捕虜も被爆死

オバマ大統領は、平成二十八年五月二十七日、現職アメリカ大統領として初めて、米軍が昭和二十年八月六日に原爆を投下した広島を訪問した。

声明を発表した後、被爆者である日本原水爆被害者団体協議会の坪井直《つぼいすなお》代表委員（九十一歳）と、歴史研究家の森重昭さん（七十九歳）のもとに歩み寄り、握手して話に耳を傾け、言葉を交わした。

「原爆による米兵犠牲者」米兵捕虜も被爆していた。ほとんど知られていないこの悲劇は、オバマ大統領が抱きしめた森重昭さんによって発掘されたもの。

森さんがサラリーマン生活のかたわら、二十年以上にわたって調べ続けたのは、被爆死した「十二名」の米兵のこと。

昭和二十年七月二十八日、広島・呉《くれ》軍港への攻撃の途中、日本軍の高射砲によって二機の大型爆撃機B24と二十機の艦載機が撃墜された。パラシュートでの脱出で生き残った乗員たちは、広島城内にある憲兵隊司令部など三ヶ所に分散留置され、取り調べを受けた。だが、八月六日に至近距離で原爆が炸裂。捕虜となっていた十二名のうち十名が即死し、残り二名は二週間近く生存したが結局、死亡。その二名は憲兵隊によって広島の宇品《うじな》で葬られ、墓標が建てられた。

森さんも、八歳の時に被爆している。自分の友だちをはじめ多くの死者を出した広島原爆の調査をライフワークとした森さんは、被爆死した米兵たちのことを知り、一人一人の名前と遺族を特定し、アメリカの遺族とも接触していく。それは執念の調査だった。

同胞が投下した原子爆弾によって自国の人間が死ぬ。それは、アメリカ側も隠したい事実だったに違いない。長期間にわたる森さんの努力は、やがて『原爆で死んだ米兵秘史』（光人社）として出版された。

このことは、日本人のほとんどの人が知らなかった事です。私も知らなかったので驚いた。オバマ大統領は通訳を通じて話を聞き、森さんが手を握りながら感極まって涙を流すと森さんを抱きしめた。森さんは面会後、「オバマさんは、優しかった。舞い上がってしまい、よく覚えていない」と語った。「米兵が天国で喜んでいるに違いない」と伝えると大統領から「サンキュー」と言われたそうだ。これに対し、日本のマスコミは、オバマ大統領の予定のパフォーマンスだと書きたてた。そばにいた安倍総理大臣は、時間を気にしているようすだった。それで終わった。

アメリカでは、「原爆投下は終戦を早め、米軍の日本本土上陸が回避されたことで、多数の米軍人や日本人の命を救った」と正当化する声が根強くある。

当日、アメリカの報道陣はトルーマン大統領の孫にインタビューしていたが、孫は一般人と変わらない感想だった。戦後七十一年の歳月が経《た》っているが、戦争の悲劇を忘れてはならない。

長崎の歌声

平成二十八年八月九日は『長崎原爆の日』です。「原爆犠牲者慰霊平和祈念式典」が営まれ、田上富久市長は平和宣言で、核廃絶に向けて国際社会に「未来を壊さぬため、持てる限りの英知結集を」と求めた。オバマ米大統領の広島訪問を「自分の目と耳と心で（被爆地を）感じる大切さを世界に示した」と評価した。各国指導者に被爆地を訪れるよう呼びかけた。

さらに国連での核軍縮論議に核兵器保有国が参加していない現状を指摘し「議論に参加を」と訴えた。核兵器の歴史を「不信感の歴史」と表現し、信頼を築く方策として「市民社会の行動が礎となる」とした。

出席した安倍首相を前に、日本政府には「核兵器廃絶を訴えながら、核抑止力に依存している」と批判し、非核三原則の法制化や「北東アジア非核兵器地帯」の創設検討を求めた。憲法の理念を強調し「平和国家の道を歩み続けなければならない」と述べた。

東京電力福島第一原発事故に苦しむ福島を引き続き応援する姿勢を示した。田上富久市長の平和宣言は、わかりやすい言葉だった。

被爆者代表の井原東洋一さん八十歳は、平和への誓いの中で「核兵器の最後の一発が廃棄されるまで、広島、福島、そして戦争で多くの犠牲者が出た沖縄と連帯する」と力強く決意を述べた。

なにより、山里小学校の子どもたちの合唱『あの子』（作詞：永井隆、作曲：木野普見雄）の素朴で美しい歌声が心に響いた。男子も女子も先生の指揮に合わせ、歌を歌っていることが感動でした。しかし、その日のテレビニュースや、翌日の読売新聞、神奈川新聞では子どもたちの合唱についての報道はなかった。省かれていた。

爆心地から五百メートルの地点にあった長崎市立山里小学校では、原爆によって千三百人の児童と先生が一瞬に命を絶たれた。近くで保養を続けていた被爆医師・永井隆博士は、あの子らの霊を慰め、平和への足がかりにしようと、生き残った児童たちの原爆体験記『原子雲の下に生きて』の出版を援助、その印税で「あの子らの碑」を校庭の片隅に建立した。さらに「あの子」を作詞し、長崎市議会事務局長の木野普見雄さんに作曲を頼み、昭和二十四年（一九四九年）十一月三日に行われた碑の除幕式で、山里小学校児童の歌で披露された。以来、「あの子らの碑」には千羽鶴が絶えることがなく、歌「あの子」も、碑の除幕式のあった十一月三日前後に毎年碑の前で開く平和祈念式などで、今日まで歌い継いでいる。

知らなかった沖縄

平成二十八年八月二十日、NHKスペシャル『沖縄　空白の一年』を観た。戦場となった沖縄。防空壕《ぼうくうごう》の中に火炎放射器《かえんほうしゃき》を入れるアメリカ兵。捕虜にならないように赤ん坊を崖から落とした後、自分も崖《がけ》から跳び込んでしまった若い母親。

昭和二十年八月十五日、本土の人々が太平洋戦争の終わりを告げる玉音放送を聞き、悲嘆に暮れる中、沖縄では、村や田畑を没収され、生き残った人々は「豚小屋の収容所」に集められ、全く別の「戦後」がはじまろうとしていた。

アメリカ軍の占領直後の「昭和二十年六月から昭和二十一年にかけて」の映像や、米軍の機密資料、未公開の沖縄の指導者たちの日記等が公開された。

戦後、本土が平和と繁栄を謳歌する一方、その代償として重い負担を背負った沖縄。本土では、ＧＨＱが食料を配布し、日本政府も本土復興に力を尽したが、「沖縄は、外国だ」と見放した。アメリカでは、しだいに日本に対し食料の配給に反対する声が高まった。

沖縄の人々が「豚小屋の収容所」から解放された時、元の住居はアメリカ軍の飛行場になっていた。沖縄の人々は何ひとつなくした。アメリカは、沖縄をソビエトやベトナムへの軍事拠点と方針を転換していた。そのことに日本は気がついていなかった。

資料を詳細にみていくと、この時期、アメリカの占領政策は揺れていて、まさに沖縄が「これからどうなるか」が決められていく期間でもあったことがわかってきた。沖縄はこの時期、アメリカでもなく日本でもない、空白の状態に置かれながら、次第に「基地の島」へと変貌させられていった。

放送の中で、「極貧《ごくひん》」という言葉が頻繁に使われた。沖縄の人々は、新天地を求めてアルゼンチンやブラジルに渡った。言葉もわからず、苦労の連続だった事でしょう。戦争は、おだやかに暮らしていた沖縄の人々の人生を狂わせてしまった。

沖縄戦を語る

「沖縄戦」は、太平洋戦争末期の昭和二十年（一九四五年）四月、米軍が沖縄本島と周辺離島に上陸して始まった地上戦。戦闘に巻き込まれた沖縄県民の四人に一人が死亡し、日米双方の犠牲者は二十万人以上になった。日本軍の組織的戦闘は六月二十三日、第三十二軍の牛島満・陸軍司令官の自決で終了したとされているが、その後も戦闘は続き、降伏調印は九月七日にずれ込んだ。日本軍による住民への集団自決強要やスパイ容疑での住民虐殺が発生し、沖縄で軍隊への根強い不信感が生まれた。

「慰霊《いれい》の日」は、沖縄戦の組織的戦闘が終結したことにちなんで、昭和四十年（一九六五年）六月二十三日に琉球政府及び沖縄県が定めた記念日。沖縄戦を生きぬいた女性が重い口を開き、語った。

「外は弾丸が飛び交っていました。私は母親とはぐれて、赤ん坊だった弟を抱いて洞窟に逃げ込みました。だれかが『赤ん坊がいるな、泣き声が知られたら殺される。出て行ってくれ！』と言いました。今まで笑顔で仲よくしてきた親戚の人、近所の人は、だれ一人助けてくれる人はいませんでした。みんな黙っていました。『助けて、助けて！』悔しくて、悔しくて、憎いと思いました。

私は弟を抱いて洞窟からなるべく遠くに行き、隠れました。弟は栄養失調で死んでしまいました。弾丸が飛び交う音がやんだので、洞窟にもどってみると、米軍の火炎放射器で焼かれ、中にいた人は全員黒焦げで死んでいました。むごいことでした。……戦争は、人間が人間でなくなる。

二度と戦争をしてはいけない」。

夢の満蒙開拓団

平成二十八年八月十四日、ＮＨＫスペシャル『村人は満州へ送られた』を観た。昭和二十年八月、旧満州（中国東北部）。ソ連の侵攻で軍が撤退、取り残された人々は攻撃にさらされ、逃げ惑い、およそ八万人以上が犠牲となり、中国残留孤児など数々の悲劇を生んだ。それが、植民地の治安安定や軍への食糧供給を目的に二十七万の人々が満州に送り込まれた『満蒙開拓』移民事業の結末だった。これまで「関係資料は破棄され、人々が渡った経緯は不明」とされていて、その詳細は知られてこなかった。だが、村人を送り出した、長野県の村長の記録や破棄されたはずの極秘文書が発見され、農村を中心に村人がどのように送りだされたのか実態が明らかになってきた。

長野県の小さな村の村長は、国の政策に協力して満洲に送り込むために一軒一軒説得して回った。同行した役場の職員の女性の貴重な証言が放送された。予定の五十軒にはとどかなかったが、半数の九十三名が応じて新天地を求めて満洲に渡った。同様に全国でも行われた。

戦後、帰国した隣村の人から話を聞いた長野県の村長は、いたたまれず自殺した。四十一歳だった。村で帰国したのは当時十四歳の少年一名だけだった。八十四歳になったその男性は、「ソ連の侵攻で軍が撤退、取り残されたのは女や子どもだった。捕虜にさせないため、泣き叫ぶ子どもの首を絞めるのを手伝った」と語った。生々しい証言に驚いた。老人は、現在一人暮らしで、細々と畑を作り生活している。

国の政策に協力して開拓団を送り出すために遁走した人、開拓団として満州へ渡った人、開拓団のために土地を追われた現地の人にもインタビューしている。貴重な番組。今回、日記や関係資料の全容取材が許された。よく資料が残っていたものです。また、専門家によって軍や国が『満蒙開拓』にどう関与したかを探る調査も進められている。

『満蒙開拓』移民事業に協力したのは、長野県に次いで多かったのが山形県だった。貧しかったためです。ひとたび国が政策を間違えると、多くの人の大切な命を奪うことになる。「運命だった」と簡単にかたづけてしまってはいけない。

真珠湾攻撃の指揮官

平成二十八年八月十五日、NHKスペシャル『ふたりのしょく罪』を観る。真珠湾攻撃隊の総指揮官が生きていた。「これは、いったい?」。

七十年前、殺戮《さつりく》の最前線にいた日米二人の兵士。「トラトラトラ」を打電した真珠湾攻撃隊の総指揮官、淵田美津雄は、その後もラバウル、ミッドウェーを戦い、戦場の修羅場をくぐってきた。淵田は、昭和二十六年(一九五一年)、キリスト教の洗礼を受け、アメリカに渡り、伝道者となった。淵田が回心したのは、ある人物との出会いがきっかけだった。

元米陸軍の爆撃手(ジェイコブ・ディシェイザー)は、真珠湾への復讐心《ふくしゅうしん》に燃え、日本本土への初空襲を志願、名古屋に三百発近くの焼夷弾《しょういだん》を投下した。そのディシェイザーもまた戦後キリスト教の宣教師となり、日本に戻り、自分が爆撃した名古屋を拠点に全国で伝道活動を行った。

戦争から四年後の冬、ふたりは運命の出会いを果たす。ディシェイザーの書いた布教活動の小冊子『私は日本の捕虜だった』を、淵田が渋谷駅で偶然受け取ったのだ。以来ふたりは、人生をかけて贖罪《しょくざい》と自省《じせい》の旅を続ける。淵田はアメリカで、ディシェイザーは日本で。……この話は、いったい何か？　信じがたいと思うのは私だけだろうか。

これでよかったのか東京裁判

戦後、『極東国際軍事裁判＝東京裁判』が開かれた。裁判は昭和二十一年五月三日に開廷し（実際に裁判がはじまったのは六月四日）、二十三年十一月十二日に判決が下った。戦犯は、A級戦犯、B級戦犯、C級戦犯と三つに分かれていた。国際検事団は、アメリカ、イギリス、中国、フィリピン、ニュージーランド、カナダ、オランダ、オーストラリア、ソ連、フランス、インドといった、日本と太平洋洋上や島々で戦ったなかで大きな被害を受けた十一ヶ国（十一人の判事）で構成されていた。

国際検事団にA級戦犯と目された人は逮捕され取り調べを受け巣鴨拘置所に入れられた。百人以上もいた。さらにその中から裁判にかける第一級のA級戦犯が二十八人に決まった。東京裁判が終わった後、残ったA級戦犯容疑の人たちも裁判にかける予定だったが、昭和二十四年

（一九四九年）二月、追加裁判は行なわないことを決めた。二年半かかって二十八人を裁いた頃には世界情勢がどんどん変ってきて、戦勝国が検事団を組んで進められる状態ではなくなった。金もかかり過ぎた。準A級戦犯は数も多かった。岸信介などは釈放されて巣鴨拘置所から出て来た。

外国の世論を見ると、天皇の戦争責任については厳しいものだったが、実際は、マッカーサーの昭和二十一年一月二十五日付けの手紙を受けたワシントンの三省（国務省、海軍省、陸軍省）委員会で、すでに天皇は裁判にかけない。戦争責任は追及しないと決まっていた。これを、日本人は大いに喜んだ。

当然、真珠湾攻撃隊の総指揮官だった淵田美津雄も出頭したが裁判の結果、釈放された。なぜか？　彼は一兵士にすぎなかったからだ。自身もA級戦犯である木戸幸一・天皇側近（内大臣・文相・内省・厚省）は、「真珠湾攻撃前夜、断固アメリカを撃つべしと頑強に言い放ったのは東條英機」と名指し、検事団に協力した。彼は絞首刑にならなかった。A級戦犯で絞首刑になった七人のうち、東條英機（陸相・内相・首相、参謀総長）は、どうしても死刑にしないわけにはいかない状況だった。彼は裁判で「真珠湾攻撃は、正しい事を実行した」と答えた。

BC級戦犯は、連合国によって捕虜虐待《ほりょぎゃくたい》など「人道に対する罪」や「通例の戦争犯罪」に問われた元軍人ら。戦場となったアジア各地（虐殺など直接の関係国のみによって裁かれた。イギリスとオランダが一番多い事から、その憎しみの強さがうかがえる）や、横浜の法廷で裁かれた。五千七百二人が起訴され、裁判ののち九百四十八人に死刑が執行された。下級将校や下士官、憲兵が多かった。ずさんな調査や虚偽《きょぎ》の証言で裁判が進められた例もあった。「そして死刑になったすべての人が、靖国神社に祀られました。」（半藤一利著『昭和史』戦後篇（平凡社）二四五ページにそう書いてある）。

東京裁判の判事の中に「人間は、戦争を裁く事はできない。全員無罪にすべき」と発言した人が一人いた。インドのパル判事だ。「平和に対する罪（侵略の罪）」は、昭和二十年（一九四五年）八月八日に制定された。「戦争が始まった時、この法律は存在しなかった。事後法は認めない。全員無罪」を主張した。パル判事の意見は重要だったが、裁判は多数意見で進んだ。『東京裁判』、これほど謎に満ちた裁判は他にない。ともかく、昭和二十三年十一月に判決が出て、東京裁判は終わった。そして十二月には七人が東京の刑務所で処刑された。

「死刑の七人（東条英機　武藤章　松井石根　木村兵太郎　板垣征四郎　広田弘毅　土肥原賢二）のほか、二人（松岡洋右　永野修身）が裁判中に病死し、懲役刑などを受けた人も、のち巣鴨で五人（梅津美治郎　東郷平八郎　小磯国昭　白鳥敏夫　平沼騏一郎）が亡くなっている。この十四人は、昭和五十三年（一九七八年）、国家のための殉難者として靖国神社に祀られました」（半藤一利著『昭和史』戦後篇（平凡社）二四六ページにそう書いてある）。

靖国神社で、「ご苦労様でした。ありがとう」と頭を下げるか議論が分かれるのはそのためです。

がん治療革命

平成二十八年十一月二十日、NHKスペシャル『がん治療革命』を観る。日本人の二人に一人がかかる病、がん。その「新治療薬」は、打つ手がない患者に光、鍵は遺伝子の解析《かいせき》。

進行した大腸がんを患う四十八歳の男性は、四度にわたる再発を繰り返し、手術不能とされていた。しかし、ある薬の投与によって腫瘍が四十三パーセントも縮小した。職場への復帰を遂げた。投与された薬とは、皮膚がんの一種、メラノーマの治療薬だ。大腸がんの特効薬はないが、それに一番近い薬を選び出し投与する。今、こうした従来では考えられなかった投薬により劇的な効果をあげるケースが次々と報告されている。

背景にあるのは、がん細胞の遺伝子を解析し速やかに適切な薬を投与する「プレシジョン・メディシン（精密医療）」だ。がん細胞の遺伝子を解析、適切な薬の投与には人工知能ワトソンが使われている。ワトソンが何千何万の論文を読み込み、解析して治療薬を教えてくれる。人では一日に一つか二つの論文しか読めない。人工知能なくしては、このプロジェクトは進まない。

日本では去年、国立がん研究センター東病院（千葉県柏市）など全国二百以上の病院と十数社の製薬会社によってスクラム・ジャパンと呼ばれるプレシジョン・メディシンのプロジェクトが始動した。進行した肺がんと大腸がんを中心に、がん細胞がもつ遺伝子変異を詳細に解析。効果が期待できる薬を選び出して投与する。これまでに七千人近くの患者が参加し、肺がんでは八人に一人に薬が効く可能性のある遺伝子変異が見つかった。百人ほどが実際に臨床試験に入っている。

先進地のアメリカの最新事情がすばらしい。国立がん研究センターが紹介された。オバマ大統領は宇宙開発から、がん研究に国の方針を転換した。

日本でも、患者や家族は、一様にがんが小さくなり、助かるという希望に喜んでいるが、がんが全くなくなるわけではない。薬が発見された患者も転移はある。人工知能でも薬がみつからない患者もいる。医者から「薬がみつかりませんでした」と言われた患者は、「新薬の開発を待つしかないでしょう」と笑ったが、どれほど心に打撃を受けたことか。

治療費・薬代は、保険が適用されないので、一回四十万円から百万円だ。それでも患者は支払う。余命二年が五年になり、生きる可能性があるのなら人はいくらでも支払う。だれかが、どこかで儲けていると思っても。

しかし、医療がどんなに進んでも、お金がない人は受けることができない。薬がみつかった人でも、高額なので、あきらめざるをえない。また、「高額な治療をして寿命を少し先に延ばしても、人はいつかは死ぬ」と考え、治療を受けない人もいる。「プレシジョン・メディシン（精密医療）」にも課題は山積している。

原発いじめ

原発事故で福島県から横浜市へ避難した少年が、転校先の学校でいじめを受けていたという。

彼は、平成二十三年（二〇一一年）三月十一日、小学一年生の時、震災に遭った。小学校二年生の時、福島県から横浜市立小学校に転校した。直後から「ばい菌」と言われ複数の児童によるいじめが始まった。ある日、母親は「放射能をまき散らすな」という自宅ポストに入れられた紙片を見つけた。小学四年生になると主に同じ児童から暴力などのいじめを受けた。小学五年生になると「賠償金をもらっているだろう」と言われ、同級生らに約十人分のゲームセンター代や飲食代を負担させられた。弁護士によると、その額は合計約百五十万円に上るという。持ち出した現金は親戚に返済する予定で自宅に保管していたもの。一家が東電から実際に受け取った賠償金は数十万円程度で、引っ越し費用などで消えていた。学校に相談すると、「生徒が自らお金を持って行ったことなので、警察に相談してください」と言われ、警察からの連絡を受けたにもかかわらず、横浜市教育委員会は「単なる児童同士の金銭トラブル」として調査しなかった。「横浜市や学校は一体何をしていたのか」と怒りの投書が神奈川新聞に掲載された。もっともなことだ。

しかし、このいじめは、いじめている児童の家庭に問題がある。大人のモラルに問題がある。子どもは親や周りの大人たちを見て育って行く。大人が誤った認識を持っていると、子どもたちへ反映されてしまう。「放射能」に対する親の偏見が差別を生んでいるのだ。

金銭トラブルとは、まるで暴力団の行為ではないか。「賠償金」とは、小学生で出て来る言葉ではない。いじめに関わった小学生は、家庭で「賠償金をもらっている」と父親母親が話しているのを聞いているのだろう。いじめの発端は家庭にあると指摘する人は少ない。

教育評論家の尾木直樹氏（法政大学教授）も、「行政や学校が、彼らを社会から孤立させないように対応していたのかを検証し、再発防止につなげる必要がある」と指摘した。

中学一年になった生徒の代理人が記者会見し、生徒が小学六年生の時に胸の内をつづった手記を公表した。「いままで　なんかいも死のうとおもった。でも、しんさいでいっぱい死んだから

つらいけど　ぼくはいきるときめた」とある。だれもが「よく思いとどまってくれた」とほっとした。中には「励まされた」と言う人もあった。読売新聞は、大見出しで「学校の意識改革課題」再発防止には学校現場の意識改革が不可欠だと書いた。

青少年の事件があるたびに、家庭で親と子が話し合っていないのではないかと思う。家庭の教育が一番大切なのに。全ての物を失って避難した住民は、被害者であることを忘れてはならない。この問題を解決するためには、国の速やかな情報公開と手厚い支援が不可欠だ。

知らなかった六ヶ所村

平成三十年六月六日、深夜〇時から（再放送）Ｅテレ『ＥＴＶ特集』「原子力の最大の課題・核のゴミ最終処分」を観る。

青森県六ヶ所村で一時保管が続く核のゴミ。「原子力」保有国日本、「原子力」は本当に安全なのだろうか。「国が言う安全な物なら、どこに置いてもいいのではないか」という意見があり、印象に残った。

なぜ、六ヶ所村に核施設ができたのだろう？　六ヶ所村は貧しかった。冬の間は雪に閉ざされ、男は出稼ぎに出た。開拓民はイカの内臓をもらい、食べて飢えをしのいだ。当時の原子力推進課長は、十二人兄妹で、七人が栄養失調で死んだ。知人から役場に勤めるように言われた。十九歳だった。どうしたら村人を救うことができるか。そこに原発の話が来た。「夢のような話だった」

と言う。何としてでも進めなければと思った。

そして原子炉施設六ヶ所村が建設されて行った。施設が建つ所の土地所有者は、牛や馬を手放さなければならなかった。反対派は八十一パーセントにのぼった。土地の買い占めに多額の金がばらまかれた。農民は、それで納得させられた。課長は、これを逃したら村人を貧しさから救うことができないと、必死に説得した。

現在、原子力施設のおかげで、国からの補助金で、一千万円以上するグランドピアノのある音楽ホール（これは、日本一）、子どもから大人まで一年中使える温水プール、無料の温泉施設に健康ランド。村民は「快適な生活で幸せ」と言う。若者たちは、原発施設に就職している。村を離れず、活気ある職場だ。「やりがいがある」と言う。豊かになった村人、原発反対派は半数に激減した。

いったんフランスに送った核のゴミが処理され、送り戻されて来た。高熱のため冷やされてはいるが蒸気を出している。原発を推進した元課長は、今、八十歳を過ぎ、孫もいる。いつまでも核のゴミを六ヶ所村に一時保管していることに懸念を示している。当時の科学技術庁長官だった田中眞紀子氏は、ＮＨＫのインタビューに対し、「これから他の場所へ移すことは、ありえない」と明言した。

再稼動した各地の原子炉は、核のゴミを出し続けている。これでいいのだろうか。テレビは、普段、なかなか知ることや見ることの難しい大切な情報を、夜遅く放映しているものもあります。大人だけではもったいない、と思います。重い番組も観よう。みんなで考えよう。

オスプレイの事故

オスプレイの事故が絶えない。平成二十八年十二月十三日夜、沖縄本島沖数十キロで空中給油訓練中、プロペラが破損して飛行が不安定になり、パイロットは住宅地を避けるため、浅瀬に不時着した。機体はバラバラに破損した。米側は、事故は乱気流によって給油機のホースと事故機のプロペラが接触した事が原因で機体自体には問題はなかったと説明した。さらに、アメリカ軍関係者は、「住宅地に落ちないようにしてやった。感謝しろ」という趣旨の発言をした。これは、沖縄県民を、日本人を軽く見ている。許しがたい。

ある日、畑仕事をしていると、突然、西の空から東に向かうオスプレイが一機現れた。後ろには自衛隊機が三機付いていた。夫に「オスプレイが頭上を飛んだのよ。あの形はオスプレイに間違いないわ。なにかしら？」と言っても、反応はなかった。

翌日の神奈川新聞には、「昨日、オスプレイが二機、厚木飛行場に飛来《ひらい》。まもなく、どこへともなく飛び去った」と書いてあった。「どこへともなく」とは、のん気な話だ。

来年からは、千葉県の木更津にもオスプレイが配備される予定だ。次第に日本中にオスプレイが配備される。これで、いいのか。

想定外でした

南スーダンの国連平和維持活動（ＰＫＯ）の派遣部隊に新任務「駆《か》け付け警護《けいご》」が付与された。訓練のようすが一部公開されニュースになったが、「自衛隊は海外に行かないで」の願いもむなしく、選ばれた自衛隊員は混乱を極める戦場に出発してしまった。

「他国の軍人を駆け付け警護することは想定されない」「銃撃戦が行われているような過酷な現場で行うことは想定されない」。何かあった場合、「想定外《そうていがい》でした」ではすまない。

ＮＨＫテレビは、平成二十八年八月十三日、ＮＨＫスペシャル『ＰＫＯ　23年目の真実』を放送した。「なぜ仲間は死んだのか　文民警察官の衝撃告白」だ。

平成五年（一九九三年）五月四日、タイ国境に近いカンボジア北西部、ポルポト派の拠点に一番近い村アンピルで、ＵＮＴＡＣに文民として初めて参加していた日本人警察官五人が、ポルポト派とみられる武装ゲリラに襲撃された。警護のオランダ兵は逃げた。後日、「自分たちの身を守るため、しかたがなかった」と証言した。それほど恐ろしい場所だった。

銃撃戦に巻き込まれた岡山県警察の青年警察官・高田晴行さん（当時警部補・三十三歳）が殺害され、四人が重軽傷を負った。選挙の治安維持や指導にあたっていた警察官は武器を持っていなかった。「防弾チョッキだけでは身が守れないため、ルール違反でも自分たちで武器を買った」と証言した。隊長は、「治安の悪化が寄せられていたが、日本だけ撤退できなかった」と。

当時の内閣官房長官・河野洋平氏は、「自衛隊はまとまっていたが、警察官は三人、五人と点在していて場所が把握できていなかった」「自衛隊の事ばかりが頭にあって、文民警察については、散っていたので、手が回っていたかどうかわからない」「停戦の条件が崩れていないと思っていた」と、無責任な発言を繰り返し、「想定外だった」で終わった。「亡くなった警察官については、もっと敬意を賞さなければいけない」とは、戦時中、死んで行った兵隊のような扱いではないか。

湾岸戦争以来、日本が目指した人的な国際貢献の場で起きた惨劇は、検証されることなく二十三年の月日が流れた。今、日本は安全保障政策が大きく転換し、ＰＫＯでもさらなる任務が求められている。私たちは方向を誤ってはいけない。

南スーダンＰＫＯ撤退

南スーダンの国連平和維持活動（ＰＫＯ）に派遣されていた陸上自衛隊施設部隊の第十一部隊（三百五十三人）のうち、最後まで残っていた四十人が平成二十九年五月二十七日に帰国した。これで五年四ヶ月にわたる現地での活動は終了し、ＰＫＯへの部隊派遣はゼロとなった。

「自衛隊海外派遣反対」の国民の声にも関わらず平成二十四年一月から海外派遣が開始され、全国の部隊が半年交代で派遣され、道路補修や用地造成、公共施設の整備などに従事した。国づくりの支援だ。さらに昨年十一月、『安全保障法政』に基づき、「駆け付け警護」などの新任務が初めて付与されたが、実施されることはなかった。今回はだれも死ななかったが、治安が悪化している現在、命の保証はない。自衛隊を海外に派遣すべきではない。一度作られた法律は撤廃されることは無い。

腕がすぐ折れそうなほどやせこけた男児。陸上自衛隊の派遣先だった首都ジュバ。病院のベッドに、多くの栄養失調の子どもが横たわっている。母親は「食料が足りない。一日に一、二回しか子どもに食べさせてやれない」と嘆く。これが南スーダンの現状だ。

日本政府は「国造りが新たな段階」を迎えたとするが、現地では内戦状態が続き、食料危機が深刻化している。戦闘を逃れ、国連のキャンプに避難する人が後を絶たない。独立から六年弱、人々は絶望の淵にいる。

平成二十九年五月二十八日、夜九時、『ＮＨＫスペシャル　変貌するＰＫＯ』を観た。「南スーダンで何が起きているのか?」防衛省はＮＨＫのインタビューに応じなかった。自衛隊員の証言があった。平成二十八年七月十日、自衛隊（第十部隊）の宿営地を挟んで政府軍と反政府勢力の銃撃戦があった。死を覚悟した隊員もあった。「その時が来たら笑って死んで行きます」と遺言を書いた。遺言を書いた隊員は一人ではなかった。この日の事は日本では公にされることはなかった。

「平和への貢献は、命と引き換えもやむをえない」と平気で発言する元国連特別顧問もテレビ出演した。日本の自衛隊の場合、武装していない。どうすれば、自分の命を守ることができるのか?

当初、紛争地の平和を維持するために作られたＰＫＯは、今大きな分岐点を迎えている。これまで「停戦監視」や「国づくり支援」が中心だったのに対し、テロ組織の脅威にも対応しなければならず、任務は長期化している。住民や国連職員を守るための「戦闘も辞さない文民保護」が求められるようになった。治安の悪化により、先進国・フランス、イギリス、カナダのＰＫＯ参加は急激に減少している。エチオピア、インド、パキスタンのような途上国は増えている。特に中国は積極的だ。人口が多いからＰＫＯに参加させるという考え方はいけない。

報道は、オランダのように本当の事を国民に見せてほしいものです。オランダは他国の平和貢献のために、多くの命を失った。犠牲になった青年の親は、やりきれない心の内を語った。では、日本の国際貢献はどうすればよいのだろう。みんなで議論し、より好い方向を模索したい。政府が沈黙する中、ＮＨＫは勇気ある放送をしました。

核兵器禁止条約に参加を

米ニューヨークの国連で核兵器を法的に禁止する条約が史上初めて採択された。交渉には核保有国や唯一の被爆国日本は参加していない。「なぜか？」。

国連本部で開かれていた「核兵器禁止条約」の交渉会議は平成二十九年七月七日、核兵器の「開発」や「使用」のほか、「核兵器を使用して威嚇《いかく》すること」などを禁じる条約を賛成多数で採択した。「威嚇の禁止」は「核の抑止力《よくしりょく》」という考え方を否定する踏み込んだ内容です。また、前文には

「被爆者にもたらされた受け入れ難い苦しみと被害に留意する」と明記した。

アメリカなどの核保有国や核の傘に頼る日本政府は署名しない方針で、核廃絶への取り組みは道半ばだ。

カナダ在住の被爆者・サーロー節子さん（八十五歳）の訴えが、世界を動かした。

「私はこの日を七十年以上待ち続けていました」、「次の一発を止めなければなりません」、「亡くなった数十万の人々。彼らはみな、それぞれに名前を持っていました。そして、みな誰かに愛されていました」。

これまでの核抑止政策を失敗と断じ、「我々は取り返しのつかない環境汚染を繰り返しません。将来世代の命を危険にさらすことを続けません。世界各国の指導者たちに懇願《こんがん》します。もしあなたがこの惑星を愛しているのなら、この条約に署名してください」。

最後は、こう締めくくった。「地球を愛する人に、未来を生きる希望を与えなければなりません」、「核兵器はこれまでずっと、道徳に反するものでした。そして今では、法律にも反するのです。一緒に世界を変えていきましょう」。会場は、ほぼ総立ち、盛大な拍手でした。

広島は平成二十九年八月六日、原爆投下から七十二年の「原爆の日」を迎えた。「平和記念式典」のあと、安倍首相と面会した被爆者らは、「原爆投下のその日まで、私たちは普通の生活をしていました。自分たちが、どんな悪い事をしたというのでしょうか」と怒りを込めて条約に不参加の日本政府に、安全保障を核に頼ることのないよう求め、抗議した。しかし、米国の核の傘に依存し、条約に反対する政府との立場の違いは平行線のままだった。これでいいのか日本。

八月十五日は何の日

安倍政権で、十八歳・十九歳の選挙権を認める法律が成立し、施行された。一方で、「八月十五日は何の日か知っていますか」というテレビの街頭インタビューに対して、若者たちは、「しらない。何の日だっけ？」「私の誕生日とかァ」と、へらへら笑いながら答えていた。ふざけているのか。十八歳・十九歳に選挙権を与えてよかったのか。

大学教授は、「高校の世界史では、近・現代は時間が無くて省くことが普通です。大学受験には出題されません」と言った。大学受験だけが勉強ではない。日常の生活の中でも学ぶことはできる。

朝、ＮＨＫテレビ『おはよう日本』の男性のアナウンサーが「今日は八月十五日、終戦の日です。日本中が祈りの一日です」と言った。

北朝鮮の言い分

平成二十九年八月二十二日、スイスの国連で北朝鮮の代表が発言した。「日本は、自国の軍事化のために北朝鮮を利用するのをやめていただきたい」と。ＮＨＫのニュースでこれを聞いた私は、驚き慌てた。日本政府の動きをよく研究している。日本は、北朝鮮がロケットを打ち上げるたびに軍事を強化している。アメリカから新型兵器の購入や自衛隊の追加任務、さらに憲法に自衛隊を盛り込もうとしているなど。日本人は政府の流れに気がついていない人が多いが、北朝鮮はお見通しだ。

◆「国際連合ジュネーヴ事務局」は、スイスのジュネーヴにある国際連合の事務所。四つの主要事務所のひとつで、ニューヨークの国連本部に次いで二番目に大きい。国際連合欧州本部とも呼ばれる。

平成二十九年十二月、今年の世相を表す「今年の漢字」に「北」が決まった。和紙に揮毫《きごう》した清水寺の森清範《もりせいはん》貫主は「『北』という字は、背を向けている二人を表すが、話し合って平和な世の中が築かれるよう願いを込めた」と話した。

第6章　歌おう

呼び戻すことが　できるなら
僕は何を惜しむだろう
布施明「シクラメンのかほり」より

「夏は来ぬ」の誤解

青い空に白い雲が浮かび、身も心も開放的になる初夏になると、歌いたい歌があります。それが「夏は来ぬ」です。「♪なつーは　きぬー」と、さわやかに気持ちよく歌えば、心地よい風が吹いて来ます。

〔うの花のにほふ垣根《かきね》に、時鳥《ほととぎす》早もきなきて忍音《しのびね》もらす　夏は来ぬ。〕

うの花のにほふ垣根に、

『万葉集』には、「卯の花」を詠んだ歌が二十四首ある。そのうちの十八首は「時鳥《ほととぎす》」とともに詠まれている。

「♪うーのはなーの」と歌い出す「卯（う）の花」は、基本的には茎が空洞になっていることから「空木（ウツギ）」という名前で呼ばれるようになりました。高さ二メートル程度になるユキノシタ科の落葉低木で、ほぼ日本全土に渡って分布し、日の当たる場所に普通に生えています。ウツギは、庭木や生け垣に使われます。五月から七月ごろ五枚の花弁を持つ白い花を咲かせます。

陰暦の四月のことを「卯月（うづき）」と呼びます。卯月は「卯の花月」ともいい、卯の花が咲き始める季節という意味です。現在の暦ではおよそ五月に当る。五月の到来を告げる花です。

この白い花を兎にたとえ、「兎」の古名「卯」をとって「卯の花」ともいわれています。豆腐のしぼりかすの「おから」は、「卯の花」の白さに似ていることから「うのはな」という名前がついています。

「うの花のにほふ」の「にほふ」は、「良い匂いがする」ではなく、ここでは「あざやかな白が美しく映える」という意味です。「卯の花」といわれる一般的なウツギには香りはありません。

信綱の生家の書斎からはウツギの植え込みも見えます。ウツギは単に農作業の時期を知らせてくれるだけでなく、イネの作柄を占い、豊作を祈願する花として重要視されました。神聖な木であるウツギは、外界から庭や屋敷など内なるものを守る境界木として垣根に用いられるようになりました。ウツギの垣根は『万葉集』にも詠われている日本で最も古い生け垣であり、昔は垣根といえば、それはウツギの垣根を意味するほど一般的でした。

時鳥《ほととぎす》早もきなきて忍音《しのびね》もらす

「忍音」は、「時鳥」がその年に初めて鳴く初音のことです。「時鳥」は、夏になると「特許許可局」や「てっぺん　かけたか」と鳴くと聞きなしされることで知られていますが、最初は上手に鳴けません。これが「忍音」で、山里の人々は、その「忍音」を聞くのを楽しみにしていました。「時鳥」は、毎年、五月頃になると南から渡ってくる初夏の到来を告げる鳥。「卯の花」も「時鳥」も田植の始まる季節を知らせてくれます。昔の人々は、卯の花が咲き、ホトトギスが鳴き始めるのを注意深く待っていました。

夏は来ぬ

「夏は来（き）ぬ」は、「夏が来（き）た」という意味です。この場合の「ぬ」は完了の助動詞で、「夏は来ない」という打ち消しの助動詞ではない。「夏は来（こ）ぬ」と読めば「夏が来（こ）ない」という意味になる。

倒置法《とうちほう》で書かれている

句読点に注目。「うの花のにほふ垣根に、」と、「垣根に」の後に読点があることです。この節は「うの花の垣根ににほふ」を倒置して書かれています。「垣根に時鳥が」来たのではありません。

時鳥は「早もきなきて」の方につながります。

〔垣根に明るく照り映えて卯の花が咲いたよ、ホトトギスが早くもやって来て声をひそめて鳴く初音をこっそり聞かせてくれる。その夏が来た〕という意味です。

ホトトギスの託卵《たくらん》

「ホトトギス」は、カッコウの仲間で、山林に生息している野鳥ですから、ふつうは人里近くに飛んで来たり、人家の垣根で鳴くことはありません。カッコウの仲間は、他の鳥の巣に卵を産み付ける託卵という習性を持っています。そのためホトトギスは仮親となるウグイスが卵を産む時期を待って他の渡り鳥より少し遅い五月に日本にやって来ます。

このように見て来ると、どの解説書にも書いてある、「卯の花の垣根に、ホトトギスが飛んで来て鳴く」という解釈は間違いということになります。

◆「夏は来ぬ」は、小山作之助が編集した『新撰國民唱歌　二集』（三木樂器店）で発表されたものなので、文部省唱歌ではありません。

感動の金太郎伝説

歌詞の題材は、想像力豊かに作られた「金太郎伝説」です。

金太郎は、足柄山《あしがらやま》に住む山姥が、雷鳴の中で赤竜の夢を見て生んだ全身真っ赤な、たくましい男の子。いつもマサカリを持ち、熊、サル、ウサギ、などと金時山で遊び、猛獣と力を競うほどの怪力の持ち主であったという。二十一歳の時、上総国（かづさのくに）から上京する源頼光（みなもとのよりみつ）に見いだされて坂田金時（さかたのきんとき。「酒田（さかた）」とも「公時（きんとき）」とも書く）の名を与えられ、家臣になった。そして頼光（らいこう）四天王の一人として大江山の鬼（酒呑童子　しゅてんどうじ）を退治したが、頼光の死後、行方が伝えられていないという。（『伝説のふるさと』より）

なぜ金太郎の体は赤いのか

金太郎の体の赤は、「魔よけの赤」。「子供という意味の赤」でもある。

なぜ金太郎は「マサカリ」を持っているのか

『前太平記』に金太郎の父は雷様と書いてある。落雷により木が裂けた現象を「雷様は大きなマサカリを持っている」と昔の人は信じた。雷様の子供である金太郎はマサカリを持ち歩いたと考えた。「大マサカリを持つ金太郎」（鳥居清満・安永年間）の絵が残っています。

「上総国《かづさのくに》」はどこか

上総国は、旧国名の一つ。千葉県中央部を占める。

「酒田《さかた》」とは

南足柄の金太郎伝説は、地蔵堂に四万長者といわれた金持ちがあった。この長者に一人の娘があった。娘は酒田氏と結婚して金太郎が生まれた。……（『南足柄のむかしむかし』より）。

開成町には昔「酒田村」があったが、現在は酒田という地名は存在しない。「酒田神社」がある（現・開成町延沢四六五番地）。

開成町の金太郎伝説は、足柄上郡酒田村の豪士で都の荘園なども管理していた酒田義家という者がいた。一族間の所領争いから叔父に殺されてしまった。義家には生まれたばかりの男の子がいた。金太郎である。……（『町史へのいざない』より。大正十二年（一九二三年）七月発刊の『三国伝説』（足柄山の金時）にも当時の伝説が紹介されている）。

「頼光四天王《らいこうしてんのう》」はだれか

源頼光は、平安時代中期の武将。俗に「らいこう」とも呼ばれます。頼光四天王は、渡辺綱（わたなべのつな）、坂田金時（さかたのきんとき）、碓井貞光（うすいのさだみつ）、卜部季武（うらべのすえたけ）。強者の家臣がいたと言われている。

「大江山」とは

大江町は、現在の京都府福知山市。大江山の麓に位置する場所で、大江山の鬼伝説の町。ここには鬼退治に出向く前に金時が力試しをした「金時踏み倒し杉」がある。さらに山中には金時がマサカリを研いだ「金時斧研ぎ石」などがある。

西京区大枝沓掛（おおえくつかけ）町には「首塚大明神」がある。この首塚は大江山で退治した酒呑童子の首を京都へ持ち帰ろうとしたが、道端のお地蔵さまから不浄な物を都へは持ち込めないとお告げがあり、首が重くなって金時も運べなくなり仕方なくこの地に首塚を作ったというもの。
◆以上は、『足柄山の金太郎』第一部「伝説の謎に迫る」。第二部「全国伝説地巡り」南足柄市郷土資料館館長・笠間吉高。神奈川新聞（二〇一五年十一月二十日から二〇一六年三月二十五日）を参考にしました。「金太郎は実在しないが、坂田金時のモデルと推定される人物は存在した」など興味深い話が沢山書かれています。

親の願い

『キンタロー』の歌詞はカタカナで書かれています。「マサカリカツイデ」が正しいのですが、「マサカリカツイダ」のように、間違った歌詞で歌われる事があります。口語体のやさしい言葉で書いてあり、今までの文語体の唱歌と異なり、子供にわかりやすくなっています。

歌詞の第一節では、お馬のけいこのようすを。第二節では、すもうのけいこのようすを歌っています。「ハイ、シイ、ドードー、ハイ、ドードー、」「ハッケヨイヨイ、ノコッタ、」には、子供は元気に外で遊んでほしいという親の願いが込められているように思います。

「足柄山」はない

神奈川県には、「足柄上郡」「足柄下郡」「南足柄」という地名があります。小田急線には「足柄」という駅があり、御殿場線にも「足柄」という駅があります。金時山のふもとの駅です。

歌の二番に出てくる「足柄山」という名前の山はありません。しかし、歌った誰もが疑問を持ちません。それほど、違和感なく歌われ、歌い継がれています。作詞をした石原和三郎は、後日「足柄山」がないと知った時、どんなに驚いたことでしょう。

金太郎と金時のキーワードが「足柄山」

「足柄山」で熊と相撲を取っていた金太郎と、「足柄山」で源頼光に見いだされ都に上って坂田金時と名を改め、大江山の鬼退治をしたという史上の武将を結びつけるキーワードが「足柄山」かもしれません。金太郎伝説には夢があります。

伝説の舞台「金時山」

一帯は富士箱根伊豆国立公園に指定されている。箱根外輪山の一つ「金時山」は、イノシシの鼻のように突き出た山容から、かつては猪鼻嶽（いのはなだけ）・猪鼻山（いのはなやま）と呼ばれた。箱根外輪山の中で、ひときわ高くそびえる「金時山」が、伝説の舞台です。国土地理院の発表によると、山岳標高の改訂で「金時山」は海抜一二一三メートルから一二一二メートルに。一メートル低くなった。測量技術の進歩だけでなく、地殻変動なども理由とみられます。

金時山の名前は、金太郎伝説にちなんで命名されたといわれ、足柄平野から金時山の山頂にかけては、数多くの逸話《いつわ》が残されています。

ＮＨＫ総合テレビの人名探究バラエティー『日本人のおなまえっ！』で「渡辺」姓が取り上げられた時、「渡辺綱」と一緒に頼光四天王の一人、「坂田金時」も紹介された。

私は、富士山や金時山を毎日眺めて暮らしています。贅沢な暮らしです。童謡の会で「キンタロー」を歌った時、「金時山は、かつては猪鼻嶽・猪鼻山と呼ばれていました」と説明した。家から金時山を眺めるたびに「猪鼻」に感動しています。空を向いたイノシシの鼻のようなのです。

「とんび」の伴奏

みなさんは、「ピンヨロー、ピンヨロー」と鳴く鳶（とんび）の声を聞いた事がありますか。鳶は、鷲（わし）や鷹（たか）と同じ猛禽類《もうきんるい》の仲間で、〈とび〉が正しい呼び方です。猛禽類の中でも、生きた動物をおそうことが少なく、魚や死んだ動物などを食べたり、ゴミとなった人の食べ残しを食べたりします。冬が来ても外国に渡らず日本に住んでいます。山と海がある真鶴には、沢山の鳶がいて、上空を旋回しています。

童謡や唱歌の伴奏は、ピアノまたはオルガン用に書かれたものです。由紀さおり姉妹がオーケストラが用意されていても、ピアノ伴奏で歌ったのはそのためです。ピアノ伴奏は高津佳さん。

ウクレレ、ギター、アコーディオン、大正琴、ハーモニカではなく、ピアノまたはオルガンの伴奏で歌っていただきたいものです。

奇妙な歌「さらば、八戸《はちのへ》」

朝、Eテレ『0655』という番組で、ロス・プリモスが歌う奇妙な歌「さらば、八戸」を聴いた。作詞：うえ田みお、作曲：近藤研二。

「さらば」というのは、美雪さんに振られた森君は、フェリーに乗って行ってしまった美雪さんを自動車の運転席から見送り、失意の中で自動車を走らせトンネルを通り抜けると、そこは「九戸（くのへ）村」という土地だった。

「♪短い恋の終点で　去りゆく姿を見送るよ　美雪の髪が風に舞う　八戸港フェリーターミナル」

青森県に「八戸」という地名がある。「八戸市」は下北半島の付け根部分にあって、太平洋に面していて、日本でも有数の漁港があることで知られている。なんと青森県から岩手県にかけて「一戸（いちのへ）」から「九戸」が点在する。私は知らなかったので驚いた。

「♪もうこの街にも来ないだろう　そんな最後の思い出に　見知らぬ道をひた走る　トンネル抜けたその先に　八戸じゃないのね九戸もあるのね　八戸の先に九戸。一戸　二戸　三戸　とんで五戸　六　七　八　九戸」。

なに、この歌？　歌詞の中に、「とんで」とあるのが気に入った。「♪ひたはしる」の「は」の歌い方は、ムード歌謡の歌い方でクラシックにはない発声だ。「九戸」は、色気のある完全終止だ。ロス・プリモスのボーカル、二代目・永山こうじさん、甘い声でステキです。現在のロス・プリモスは三人組。

・一戸（いちのへ）　岩手県　一戸町　一戸町役場
・二戸（にのへ）　岩手県　二戸市　二戸郵便局
・三戸（さんのへ）　青森県　三戸町　三戸消防署
・五戸（ごのへ）　青森県　五戸町　五戸駅
・六戸（ろくのへ）　青森県　六戸町　六戸温泉
・七戸（しちのへ）　青森県　七戸町　七戸町役場
・八戸（はちのへ）　青森県　八戸市　八戸港フェリーターミナル
・九戸（くのへ）　岩手県　九戸村　九戸神社（おみくじを引く）

一から九までそろっているが「四戸（しのへ）」は存在しない。

「♪青森から岩手にかけて　一戸から九戸が点在します。鎌倉時代からの土地の名で　四戸だけが今はないのよ　青森から岩手の一戸から九戸」。

「四戸」は、昔はあった。現在の八戸市の「櫛引」辺りが「四戸」だったのではないかと推測されている。この地にある「櫛引八幡宮」が、かつては「四戸八幡宮」という名称だった。「櫛引八幡宮」の社務所によると、「以前は『四戸八幡宮』という名称で、神社に残る史料によれば正平二十一年（一三六六年）には確かにその名前だったことがわかっています」。その時点で「四戸」という地名は存在した。また「四戸がなぜなくなったのかについては、四戸という地域が細長く（為政者にとって）管理しにくかったからという話があります」とのこと。

◆「櫛引八幡宮」は、文治五年（一一八九年）の奥州合戦で戦功を挙げた南部光行が源頼朝から現在の「岩手県北部・青森県東部」に領地を賜り、建久二年（一一九一年）に入部、創建されたと伝わっている（インターネットより）。

四戸がなくなった時期について八戸市立図書館によると、「四戸という地名は、櫛引、また旧南郷村、旧名川町、旧福地村の辺りにありました。しかし、江戸時代初期に盛岡藩が行政区分を変更する際になくなった」。そのままずっと現在まで「四戸」だけ失われたまま。

私は、「しのへ」という読み方が、「四戸」がない理由の一つではないかと思います。日本人は、アパートの四階など「四（し）」は「死（し）」と結びつくので嫌う傾向がある。

さらばシリーズは、「さらば、高円寺」、「さらば、豊橋」、「さらば、宝塚」そして「さらば、八戸」がある。私は、「さらば、八戸」が一番気に入っている。

平成二十九年十二月三十一日、Eテレ『2355・0655年越しを御一緒にスペシャル』で、

「さらばシリーズ第五弾」が発表になった。「さらば、下呂温泉」だ。歌詞には「上呂」「中呂」「下呂」が出て来る。

「♪岐阜県下呂市下呂温泉」「ふっと見上げた　その先に　上呂もあるのね下呂だけじゃないのね　上呂駅」「上呂と下呂の間に　あるのね　ああ！　中呂」「岐阜県下呂市下呂温泉　日本三名泉のひとつです（草津　有馬　下呂）」「上呂と下呂は奈良時代からの道の駅　中呂だけが　あとからできたの　岐阜県下呂市の上呂　中呂　下呂」。歌はロス・プリモス。

ラストの「上呂　中呂　下呂」、「下呂」の取って付けたような歌い方が気に入った。音楽大学での作曲ではありえないまとめ方です。このような曲を書くと先生に呼び出されて「下呂」の部分は直されてしまいます。

縁起物の歌

『ふじの山（富士山）』は、「♪富士は日本一の山」と歌われ縁起のいい歌です。沢山の富士山の歌が作られた。日本人は富士山が好き。

初夢に見ると縁起が良いものを表すことわざにも最初に「富士山」が出てくる。「一富士（いちふじ）二鷹（にたか）三茄子（さんなすび）」。諸説ある。

・富士山、鷹狩り、初物のなすを徳川家康が好んだ。

・徳川家縁の地である駿河国での高いものの順。富士山、愛鷹山、初物のなすの値段。
・富士は日本一の山、鷹は賢くて強い鳥、なすは事を「成す」。
・富士は「無事」、鷹は「高い」、なすは事を「成す」という掛け言葉。
・富士は曾我兄弟の仇討ち（富士山の裾野）、鷹は忠臣蔵（主君浅野家の紋所が鷹の羽）、茄子は鍵屋の辻の決闘（伊賀の名産品が茄子）。
・江戸時代に最も古い富士講組織の一つがあった「駒込富士神社」の周辺に鷹匠屋敷（現在の駒込病院）があり、駒込茄子が名産であったため、当時の縁起物として「駒込は一富士二鷹三茄子」と川柳に詠まれた。など。

四以降についても諸説ある。「四扇（しおうぎ）　五煙草（ごたばこ）　六座頭（ろくざとう）」。「一富士　二鷹　三茄子」と「四扇　五煙草　六座頭」は、それぞれ対応していて、富士と扇は末広がりで子孫や商売などの繁栄を、鷹と煙草の煙は上昇するので運気上昇を、茄子と座頭（剃髪《ていはつ》した盲目《もうもく》の按摩師《あんまし》）は毛がないので「怪我《けが》ない」と洒落《しゃれ》て、家内安全を願う。

私が主宰する童謡の会の一月例会で、「ふじの山（富士山）」を歌うことになった。四以降は、知る人が少なかったので説明をした。私は、「一富士　二鷹　三茄子」と「四扇　五煙草　六座頭」は、『それぞれ対応している』という部分が気に入っている。自分の知らない事を学ぶのは楽しいものです。

悩める「浜辺の歌」

この歌ほど研究者を悩ませた歌はありません。原因は誰も初出詩を確認していなかったところにあります。

ある日、作曲をした成田為三の故郷・秋田県北秋田市の『浜辺の歌音楽館』にある詩碑と、作詩をした林古渓が教師（旧・京北中学校国漢科）をしていた東京都文京区の京北《けいほく》学園京北高等学校正門突きあたりにある詩碑（昭和三十三年学校創立六十周年記念建立）の碑文が同じ平仮名である事に気づきました。

「浜辺の歌」の初出詩は、大正二年（一九一三年）の東京音楽学校学友会誌『音楽』八月号に「はまべ」のタイトルで三連まで掲載されています。

詩「はまべ」の一、二連は全て平仮名です。三連も赤裳、眞砂《マナゴ》だけ漢字で、赤裳にはルビはなく、眞砂にはカタカナで（マナゴ）とルビがふってあります。ほかは全て平仮名です。最後に（作曲用試作）と添え書きがあります。

碑文には林古渓自筆の「はまべ」の一連が刻まれています。現在歌われている歌詞は、この初出「はまべ」の一、二連です。作詞者による幾つかの修正を経て、今の歌詞ができたわけではありません。また、現在の教科書や出版譜では、一番の歌詞が「風の音よ」となっています。この歌詞が定着しているのは、原詞どおりなので、当然の事です。

「はまべ」の一、二連

あした　はまべを　さまよえば、
むかしの　ことぞ　しのばるる。
かぜの　おとよ、くもの　さまよ。
よするなみも　かひの　いろも。

ゆふべ　はまべを　もとほれば、
むかしの　ひとぞ　しのばるる。
よする　なみよ、かへす　なみよ。
つきのいろも　ほしの　かげも。

美しい詩の構成

一連、「あした」は朝のことです。これを、「今日」「明日」の「あした」だと思って変な歌だと誤解する人が多いようです。論語に「朝（あした）に道を聞かば、夕べに死すとも可なり」とある。一連は「朝（あした）」、二連は「夕べ（ゆふべ）」を歌っています。「しのばるる」は思い出される。

二連、「もとほれば」は行きつ戻りつする。「足元を掘る」と思っている人は意外に多いようですが間違いです。「ほしの　かげも」は星の光も。

一連も二連も四行で、一行目と二行目が「七・五」、三行目と四行目が「六・六」の韻律《いんりつ》。「あした」と「ゆふべ」、「さまよへば、」と「もとほれば、」、「むかしの　ことぞ」と「むかしの　ひとぞ」というように一連と二連は対称的《たいしょうてき》になっている。

一連三行目は「かぜの　おとよ、」と「くもの　さまよ。」、四行目は「よする　なみも」と「かひの　いろも。」というように対句の構成になっていて、二連も「よする　なみよ、」に対して「かへす　なみよ。」、「つきのいろも」に対して「ほしの　かげも。」と対句《ついく》になっている。美しい構成で何も問題ありません。

モデルの浜辺

詩のモデルになった浜辺は、林古渓が幼いころ藤沢に住んでいたことから辻堂あたりの湘南海岸を歌ったものと推定されています。

「はまべ」を寄稿

原作の「はまべ」は全四連でした。京北中学校（現・京北学園京北高等学校）の国漢科の教員をしていた古渓が、同時期に学んでいた東京音楽学校（現・東京芸術大学音楽学部）の学友会誌『音楽』に寄稿しました。

出版の際に作者に無断で三連の前半に四連の後半をつけた改作された三連が載せられました。

これが、東京音楽学校生徒の作曲のテキストとなりました。詩の最後に（作曲用試作）と書いてあります。作曲をしたのは、成田爲三、朝永研一郎ほか何人かいたようです。

「はまべ」の三連

はやち　たちまち　なみを　ふき、
赤裳の　すそぞ　ぬれもひぢし。
やみし　われは　すでに　いえて、
はまべの眞砂《マナゴ》　まなご　いまは。（作曲用試作）

※「赤裳の　すその　ぬれもひぢし。」

「眞砂《マナゴ》　まなご」について

※は、後日発見された古渓が書き残した原詩です。「すそぞ」と「すその」では意味が違ってきます。三連は、疾風《はやち》が突然襲って来て波しぶきを吹き上げ、赤い長衣の裾《すそ》は濡れひたってしまった。病《やまい》になった私は、すでにすっかり治って、「はまべの眞砂《マナゴ》　まなご　いまは。」「眞砂」のルビは（マナゴ）となっている。眞砂とは細かい砂の事で、永遠に絶えないものの喩《たとえ》としても使われる。今の自分を「はまべの眞砂《マナゴ》」と表現している。ここでは、浜辺の寄せては返す波にさまよう砂のように、自分もさまよい続けるだろうという意味です。

安西愛子の見解

第三連後半二行と、第四連前半二行は、どのような詩だったのでしょうか。童謡歌手・安西愛子さんは、電話で次のように話されました。

「失われた三・四連には、古渓の恋人が湘南海岸で結核の転地療養をして元気になった様子が書かれていて、古渓の本当の気持ちが織り込まれていたと思われます」。残念ながら「はまべ」の第三連後半二行と、第四連前半二行が残されていないため、その真偽を確かめるすべはありません。

セノオ楽譜の出版

大正七年（一九一八年）十月一日、成田爲三の曲が竹久夢二の装画で「獨唱　濱邊の歌」セノオ楽譜九八番のピース（単発楽譜）としてセノオ音楽出版社から出版されました。出版の際、妹尾幸陽が手を加えた可能性があります。

セノオ楽譜の三番

三、はやちたちまち波《なみ》を吹《ふ》き、
　　赤裳《あかも》のすそぞぬれもせじ。
　　やみし我《われ》はすべていえて、
　　濱邊《はまべ》の眞砂《まさご》まなごいまは。

三番の二行目は、「赤裳《あかも》のすそぞぬれもせじ。」三行目は、「やみし我《われ》はすべていえて、」となっています。四行目の「眞砂」のルビは（まさご）に変えられている。文学的表現が手を加えた事により台無しになってしまいました。

セノオ楽譜の三番の歌詞の間違いについて、林古渓は誤植だと生前認めていました。教科書に掲載される時、三番が削除されたことが納得できます。

三番が重要な「赤とんぼ」

三木露風が詩を作ったのは大正十年（一九二一年）で、場所は北海道函館付近のトラピスト修道院。窓の外の竿の先に、じっととまっている「赤とんぼ」を見て、故郷の兵庫県龍野で幼い自分を背負ってくれた子守娘を思い出して、自分の事を書いたものです。

一番の「負はれて」については、勘違いをしている人が多いようですが、「追われて」ではありません。子守娘に自分が「背負われて」赤とんぼを見ているということです。子守娘を「姐や」と呼びました。歌詞からは、「姐や」に寄せる信頼、ぬくもりが感じられます。それは、「いつの日か」の遠い幼児期の思い出です。

二番の「山の畑」は、露風の家の北の方、裏の山の畑に桑の木がありました。「桑の實」は初夏に赤くなり、その後黒く熟します。口に入れると甘酸っぱいプチプチした感じの小さな実です。

「姐や」はその「桑の実」を採って「小籠に摘んで」くれました。過去の幼少期の思い出は「まぼろし」のようになったというのです。

三番の面倒を見てくれた「姐や」は、十五で嫁に行ったと聞かされ、「便り」が途絶えました。結びの四番は、この詩を作っている現在です。赤とんぼが竿の先にとまっていたので、十二歳のころに作った俳句「赤蜻蛉とまつてゐるよ竿の先」を歌いこみました。

ところが、『五年生の音楽』（文部省）昭和二十二年（一九四七年）発行では、「十五で、姐やは、嫁にゆき、……」の三番を省略して掲載しました。

現在の婚姻制度では、十五歳の結婚は認められていませんので、三番がカットされ歌われない事があります。この詩は、起承転結になっているので、続けて四番まで歌ってこそ意味をなすものです。

三番には、少年期の露風の孤独や哀しみが込められています。露風の一番書きたかった部分です。三番を削除してしまうと、楽しい思い出だけを歌った歌になってしまいます。この三番は、「赤とんぼ」がみんなに愛唱される重要な意味を持っているのです。今でも三番を歌わない童謡の会があります。聴いていて、大変気になります。

◆成人年齢を二十歳から十八歳に引き下げる改正民法が成立した。二〇二二年四月一日の施行予定。結婚できる年齢は、現行の「男性十八歳以上、女性十六歳以上」を「男女とも十八歳以上」に統一する。

作曲をした山田耕筰は、大正十五年（一九二六年）夏の日本交響楽協会の内紛後、東京市麻布区新網町から神奈川県高座郡茅ヶ崎町に住居を移していました。日本交響楽団（N響の前身）が分裂し、失意のどん底にいました。オーケストラ再生のために、茅ヶ崎町の家から毎日東京に通っていました。その汽車の中で、露風から贈られた詩集『小鳥の友』の中の「赤とんぼ」に目を留め作曲したといわれています。

楽譜には、昭和二年（一九二七年）一月二十九日と作曲日が書いてあります。『山田耕作童謡百曲集27赤とんぼ　三木露風作詞』（ＶＯＬ・Ⅱ。日本交響樂協會出版部刊、昭和二年七月十日発行）で発表しました。

◆「露風」の雅号は、「風」に吹かれてこぼれる、はかない「露」の美しさに心を惹かれて、その美しさを喜ぶ気持ちからつけたといいます。

全部歌ってこそ感動がある

旅姿三人男

歌は歌詞を全部歌わないと意味をなさない物が多い。平成二十八年十一月二十二日『歌謡チャリティコンサート』（静岡市民文化会館）で歌われた「旅姿三人男」は、三番まで歌わなければ、三人男の説明がつかない。一番は小政（こまさ）、二番は大政、三番は石松。時間がなくても三番まで歌う歌です。演歌歌手の福田こうへいさんが三番まで歌った。「おお、石松、とばされないで、よかったね」感動してテレビに向かって拍手した。司会は、落語家の春風亭昇太さんと黒崎めぐみアナウンサー。次の紅白歌合戦の司会は、この二人がいい。オーケストラの編曲もすばらしかった。［管弦楽］セントラル愛知交響楽団。［指揮］藤野浩一。

ざんげの値打ちもない

平成二十九年二月七日放送のＮＨＫ『うたコン』を観る。北原ミレイさんが「ざんげの値打ちもない」を、四番を入れて全部歌った。すごい歌だ。感動で言葉を失った。

私「今年の紅白歌合戦で北原ミレイさんが歌うといいね」

夫「それは無理でしょう。内容が受刑者の歌だから」。
◆北原ミレイさんは、昭和四十五年（一九七〇年）「ざんげの値打ちもない」（作詞：阿久悠、作曲：村井邦彦）でデビュー。昭和五十年（一九七五年）には「石狩挽歌」（作詞：なかにし礼、作曲：浜圭介）がヒット。当初「ざんげの値打ちもない」は五番まで歌詞があり、レコーディングまで済ませたが、四番の歌詞が先進的という理由でカットされ、その部分を省略して発表された。刑務所が舞台になっていることから三番の後の行動結果を暗示させた内容となっていることがわかる。

演じるように歌う

女優の大竹しのぶさんが「時代」を歌った。「♪まわるまわるよ　時代はまわる　喜び悲しみくりかえし」。そして、「歌は演じるように歌います」と言った。「なるほど、そうだったのか」。舞台で演じるように地声で歌った。

吉永小百合も浜田光夫も歌う。下手ではないが、橋幸夫や三田明のような魅力的な歌い方ではない。石原裕次郎も甘い声で、高倉健も渋い声で歌う。「映画の主演者はみんな歌う」と言われて緋牡丹のお竜さん（演：藤純子）も歌った。意気で色気のある歌い方は、映画にピッタリだ。歌わなかったのは木枯し紋次郎役の中村敦夫さん。中村敦夫さんは歌が苦手なのだそうです。主演『木枯し紋次郎』の主題歌も、東日本大震災復興支援ソング「花は咲く」も歌わなかった。

「終戦の年、東京の読売新聞本社が、米軍の爆撃で破壊された。そこの記者だった父は、家族を連れて出身地の福島県に疎開した。その後、福島民報の平《たいら》支局長の職を得た。私はここで少年時代を過ごすことになった。」中村敦夫著『俳優人生』（朝日新聞社）による。東日本大震災復興支援ソング「花は咲く」を歌う歌手やタレントの中に選ばれていたはず。

俳優の村上弘明は歌った。しかし、「うまい」と、ほめるほどではなかった。昭和十七年（一九四二年）生まれの民謡歌手・原田直之も歌った。同じ楽譜の「花は咲く」が民謡の節回しになっていた。

歌詞・歌い方を覚える

とうだいもり

歌詞の読み方に注意したい。「とうだいもり」の一番の二行目の「よする小島」は、「小島」と書いて（おじま）と歌います。力士の「小柳」は（おやなぎ）と読む。
◆「小柳」は、平成二十九年五月場所から四股名を改名して「豊山」。新潟県豊栄市（現・新潟市北区）出身で、時津風部屋所属の現役大相撲力士。身長一八五センチメートル、体重一七一キログラム。目標とする力士は元・大関豊山勝男（十四代時津風親方）。
◆力士の「正代」は、（しょうだい）と読む。本名だ。歌手の石川さゆりさんとは親戚同士。平成二十八年一月場所中に本人が「母方の祖母の兄の奥さんの妹の娘が、石川さゆりさんなんです」と話した。また、祖母の名前は正代正代（しょうだい　まさよ）という。相撲が大好きなおばあちゃん。ＮＨＫの松村正代《まつむらまさよ》アナウンサーの前で、相撲の解説者のデーモン閣下が、「こちらは（しょうだい）とは読まないですな」と笑いをとった。相撲のゲストに箱根駅伝の優勝校・青山学院大学の原監督が出た。相撲の解説も新しくなっている。

早春賦

歌い方も注意したい。

一番「こえーもたーてず」

二番「ゆきーのそーーら」

三番「このーーごーろか」と歌います。難しいので練習が必要です。

Ｅテレ『にほんごであそぼ』でも歌われている。平成二十九年二月六日と九日は一番だけ、八日は三番まで歌った。新しい編曲のため、古い曲が新鮮に聴こえる。

まっててね

少女歌手の小鳩くるみさんが歌いました。

二番は「おりぼん　つーけて」

四番は「だっこを　さーせて」と歌いました。かわいい歌い方が人気でした。小さな子が、歌詞を四番まで、よく覚えたものです。

牛若丸

「うーしわかまるはー」と歌う。

「うーしわかまーるは」は間違い。

童謡の会員は、次第に年をとり、歌い方も自分勝手に歌うようになっている。口から口に歌い継がれる童謡や唱歌は、歌いやすいように変化して行くものなのだろうが、あまりにも違った歌い方で歌い継がれてしまうのは残念です。

お猿のかごや～「小田原提灯」の歌い方

「おだわら」＋「ちょうちん」＝「おだわら**ぢ**ょうちん」

「まな」＋「つる」＝まな**づ**る

「やま」＋「さくら」＝やま**ざ**くら
「みつ」＋「はち」＝みつ**ば**ち
「あま（い）」＋「くり」＝あま**ぐ**り
「ほたる」＋「ふくろ」＝ほたる**ぶ**くろ
「べに」＋「はな」＝べに**ば**な

童謡の会で、「〈おだわら　ちょうちん〉と歌っても間違いではありませんが、今日は〈おだわら　ぢょうちん〉と歌ってみましょうか」と話していると、「ピコ太郎に聞いたら」という声があった。会場は爆笑になった。

◆「古坂大魔王《こさかだいまおう》」は、日本のお笑いタレント、ＤＪ、音楽プロデューサー。平成二十八年には歌手「ピコ太郎」に扮して『ペンパイナッポーアッポーペン』（ＰＰＡＰ）を歌う動画が、動画再生回数一億回を超えるなど話題になった。シンガー・ソングライター「ピコ太郎」に扮し、ピコ太郎（本人）のプロデューサーと称している（インターネットによる）。

手を洗おう

手のひら　洗おう
手のこう　洗おう
指の間と

親指　洗おう
手首も　洗い
よく　流しましょう

★「きらきらぼし」の替え歌です。インフルエンザ感染予防の基本は手洗い。手洗いを楽しく習慣化しましょう（作詞：東京都健康長寿医療センター看護部感染対策委員会）。インフルエンザが流行っているので童謡の会で歌いました。大人気でした。
乃木坂46が歌う「インフルエンサー（influencer）」は、世間に与える影響力が大きい行動を行う人物のことです。

オペラのように歌うか

冬景色

平成二十九年一月十七日、ＮＨＫ『うたコン』を観る。ソプラノ歌手・森麻季さんが「冬景色」をオペラのように歌った。会場は拍手喝采だった。力んだので後半は音程を外して失速した。童謡や唱歌は、オペラのように声を張り上げる部分が少ないので、そうなる傾向にある。童謡や唱歌の事をわかっていない。

靴が鳴る

平成二十九年一月十九日、Eテレ『にほんごであそぼin高知』を観る。ソプラニスタの岡本知高（おかもと　ともたか）さんが「靴が鳴る」をオペラのように歌った。聴いた瞬間、「おや、何の曲かな？」と思った。その歌い方は、それほど違和感があった。

岡本さんは高知県出身だった。「知高（ともたか）」は、「高知（こうち）」を逆にした名前だった。

さらに、オペラ歌手には珍しくコンサートで子どもたちと共演する。歌で触れ合うことをモットーにしている。音楽教師を目指していたという岡本さんは、ライフワークとして学校訪問コンサートや、各地の学生らとのステージ共演に力を注ぐ。

子どもの教育といえば、玉川学園や国立音楽大学の音楽教育、戦後の音楽教科書の執筆に取り組み、輪唱から日本の合唱を世界レベルに押し上げた「岡本敏明（おかもと　としあき）」がいる。国立音楽大学の卒業生の岡本知高さんは、「岡本敏明」を尊敬して芸名を「岡本」としたのかもしれない。これは、私の希望的推測ですが。

現在（平成三十年一月）、岡本知高さんは『にほんごであそぼin大阪』に出演している。「北風小僧の寒太郎」を歌い、子どもたちに人気です。

◆童画家の武井武雄は、変わった人でした。岡谷には「イルフ童画館」がある。不思議な武井武雄ワールド、古い（フルイ）童画が集められている。

戦争の傷跡

小さい頃の思い出の中に、傷痍軍人《しょういぐんじん》の歌があります。足柄上郡松田町の小田急線新松田駅の東側には小川が流れていて、あばら家が建ち並んでいました。ムシロの上に白い服を着た足のない傷痍軍人が座り、帽子を差し出して物乞いをしていました。立っている人は義足でアコーディオンを弾きながら歌っていました。

父に、ボリショイサーカスや東京タワーを見に連れて行ってもらいました。ボリショイサーカスは、華やかで夢の中にいるようでした。東京タワーの下では、白い服を着た足や手の無い傷痍軍人が軍歌を歌い、物乞いをしていました。かたわらには、日の丸の旗がありました。

子どもの頃、東京に連れて行ってもらった事は、世の中を見る目を育《はぐく》みました。

子どもたちに歌を

「歌は人生に潤いと励ましを与えてくれます。人生に歌がなかったら、どんなにか、それは殺風景なものでありましょう」(小原國芳《くによし》の言葉)。

玉川学園の創立者・小原國芳氏は、『愛吟集』の序文(昭和三十八年七月)の中で、「教科書の標準曲数は一年にわずか三十数曲ですが、それだけしか与えられない子供たちはかわいそうです。その満たされない心が流行歌を追うという浅ましい現象になるのです。玉川学園で流行歌がきかれないのは、それが禁じられているのではありません。それに代るより楽しい、より美しい、より高い、より深いものがあるからです」と書いています。

「浅ましい現象」は言いすぎる気がしますが、「青少年に歌を！　歌から、明るいまなざしと朗《ほが》らかな笑顔が生まれる」というのは正しい。

第７章　音楽

楽しい事なら　何でもやりたい
井上陽水「青空、ひとりきり」より

変わる福祉番組

平成二十九年一月二十三日、Ｅテレ『ハートネットＴＶ』を観る。ゲストは、小田原市在住のヴァイオリニスト式町水晶《しきまちみずき》さん、二十歳。三歳で脳性まひと診断された。四歳の時、手足のリハビリになればと母親の勧めでヴァイオリンをはじめた。

コンニャクを使って物をつかむ練習や、手と足で、ひたすらリズムをとるレッスンなど、ヴァイオリンを弾きこなす体力を養った。小学六年生の時、クラスでいじめにあった。同時期に医者から失明宣告を受けた。十五歳の時、車椅子を必要としなくなるまで体が劇的に回復し、プロへの道が開けた。その努力は想像を絶する。

司会は風間俊介さん。風間さんが、すばらしい誕生日コンサートや、ハキハキとした受け答えを見て、直接彼に向って「脳性まひ　とは思えないですね」と発言した。福祉番組も新しいスタイルになっている。

◆平成三十年四月、アルバム『孤独の戦士』で念願だったメジャーデビューを果たした。十二歳の時に作曲した「孤独の戦士」は、「自分の分身のような曲」という。ヴァイオリンは東日本大震災の津波で被災した「奇跡の一本松」などから作られた「津波ヴァイオリン」。

歌とお笑いの違い

平成二十九年七月十三日、『SONGS』を観ていると、エレカシの宮本浩次（ボーカル・ギター）さんと、爆笑問題の太田光さんの対談があった。

太田さんが、「歌とお笑いの違いは、歌は聴けば聴く程よくなる。お笑いは、一回聴けば、次はネタバレになる。二回はやれない」と言った。

私は、それは違うと思った。太田さんが言う「お笑い」は、コンビを組んでやる「漫才」の事だろうが、「落語」はどうか。「落語」も「お笑い」だ。古典落語の「じゅげむ」「まんじゅうこわい」「時蕎麦《ときそば》」「藪入り《やぶいり》」は、子どもも大人も何回聴いても楽しい。

◆「エレファントカシマシ（エレカシ）」は、日本の四人組ロックバンド。昭和五十六年（一九八一年）結成。ヒット曲「明日に向かって走れ」「はじまりは今」「夢のかけら」ほか。

金手《かなで》のオザワ

指揮者の小澤征爾さんは、平成二十一年（二〇〇九年）十二月に人間ドックで食道癌が見つかった。翌年、食道全摘出手術は成功。

平成二十五年（二〇一三年）四月、吉田秀和の後任として水戸芸術館館長に就任。八・九月、『サイトウ・キネン・フェスティバル松本』で「こどもと魔法」（ラヴェル作曲）、「ラプソディー・イン・ブルー」（ガーシュイン作曲）を指揮した。

平成四年（一九九二年）から長野県松本市で毎年夏に開催してきた『サイトウ・キネン・フェスティバル松本』は、平成二十七年（二〇一五年）より、総監督・小澤征爾の名を冠した『セイジ・オザワ松本フェスティバル』と名を改め、新たなスタートを切った。

小澤征爾さんは昭和十年（一九三五年）九月一日、歯科医の父・小澤開作《おざわかいさく》と（三十八歳）、母・さくら（二十八歳）の三男として、旧満州国奉天《こくほうてん》（現・中国瀋陽《しんよう》）に生まれる。長兄・克己《かつみ》（昭和三年三月生まれの七歳）と、次兄・俊夫《としお》（昭和五年四月生まれの五歳）に次ぐ男子。板垣征四郎《ろう》（陸軍大将、のち陸相）と石原莞爾《かんじ》（関東軍参謀）から一字ずつ取って「征爾《せいじ》」と名付けられた。昭和十二年（一九三七年）十月、二つ違いの弟・幹雄《みきお》が誕生。四人兄弟となった。

◆小澤家は代々火消しの組頭を務める家柄だったが、父が財産を潰《つぶ》し、開作は手っ取り早く金になるものとして歯科医の免許を独学で修得した。満洲に渡り、奉天で開業する。次第に「満洲建国」や「日支共和」といった民間人の政治思想運動にのめり込んでいく（『小澤征爾大研究』十ページ（春秋社　一九九〇年）による）。

小澤征爾著『おわらない音楽　私の履歴書』（日本経済新聞出版社　二〇一四年）には次のように書いてあります。

……おふくろによれば、出生の知らせを聞いた時に、ちょうど二人（板垣征四郎と石原莞爾）と一緒にいたらしい。子供の頃は漢字が書けなくてよく「征雨」と間違えたものだ。日曜日になるとクリスチャンのおふくろに連れられて教会で讃美歌を歌う。家でもみんなで合唱だ。五歳のクリスマスの日、おふくろが大雪の中、大通りの王府井《ワンフーチン》まで行き、アコーディオンを買って来た。克己兄貴はみるみるうちに上達し、僕らの合唱の伴奏をするようになった。僕の音楽との出会いだ。

昭和十六年（一九四一年）五月、日中関係の悪化やそのほか長兄の中学入学などもあって、父を北京に残し、一家で日本に帰国した。持ち帰ったのは（着替え）と（中国の火鍋子《ホーコーツ》という鍋）と（家族のアルバム）、それから（アコーディオン）もあった。僕が生まれて初めて触った楽器だ。船で神戸港に着いた後、列車に乗って東京に向かった。住まいは東京都立川市柴崎町三丁目。

若草幼稚園に一年間通った後、昭和十七年（一九四二年）四月、柴崎小学校（当時は立川国民学校）に入学。学校ではどうかすると中国語が出て悪ガキどもにからかわれた。頭に来て黙っていたら中国語はすっかり忘れてしまった（征爾は六歳まで奉天と北京で暮らした）。

　北京に一人残ったおやじは「華北評論」の刊行を続ける。「小澤公館」の看板を掲げた家には従軍記者の小林秀雄や林房雄も訪れたらしい。次第に軍の圧力は強まり、昭和十八年（一九四三年）、おやじは追放されるように日本に帰って来た。昭和二十年（一九四五年）八月六日、広島に原子爆弾が落ちた。九日、長崎にも原爆が落とされた。十五日、敗戦。玉音放送を家族で聞いた。

　戦時中、克己兄貴にアコーディオンを教わっていた僕は、だんだん物足りなくなった。ある日、小学校の担任の先生が講堂で弾いているのをじーっと見ていると、「触ってもいいよ」と言われ、初めてピアノに触れた。小学校四年生の終わり頃だった。最初の教則本「バイエル」を僕に手ほどきしたのは克己兄貴だと思う。旧制府立二中（現・都立立川高校）に通っていた兄貴も同じ頃に音楽に目覚め、音楽の先生にピアノを習い始めていたのだ。僕も連れられ、二中でピアノを練習するようになった。

　おやじが方々ツテを探し、横浜・白楽の親類のアップライトピアノを譲ってもらえる話がまとまった。値段は確か三千円。うちには余裕がなかったから、おやじが北京で買って愛用していたカメラのライカを売って工面したのだった。どうやって持って来るかが問題だ。兄貴たちがリヤカーを引いて立川の家から横浜まで行き、ピアノを運んできた。道中、農家にピアノを一晩預けたり、親戚の家に泊めてもらったりして、三日もかかった。心配になったおやじが後から追いかけたくらいだから、ずいぶん重労働だったはずだ。

　そうやって届いたピアノの蓋《ふた》を開けて、ド・ミ・ソと鳴らした時、なんてきれいな音なんだろうとドキドキした。五年生の秋には学芸会でベートーヴェンの『エリーゼのために』を弾く。初めて人前で演奏した。……

昭和二十二年（一九四七年）四月、神奈川県足柄上郡金田村金手（現・大井町金手）に転居し、金田村立金田小学校六年に転入した。丸刈りの記念写真があります。とても神経質で、か細い感じです。同級生の子どもたちのほとんどは農家の子でした。

長兄・克己と次兄・俊夫が参加していた混声合唱団「シグナス」（現在も小田原市にある）の指揮者・石黒先生の夫人にピアノを教わった。

◆一家は、立川の家を二束三文《にそくさんもん》で売払い、金田村へ百姓をするために移り住んだ。その間、父は友人の誘いを受けてミシン会社に出資し失敗するなどといった具合で、アッという間に無一文になった。後に征爾と四男の幹雄が成城中学に通うようになっても、授業料が払えず何度も督促を受けたという。困った時でもピアノだけは手放さなかった。まず、長男の克己がピアノを弾き始めた。いたずら半分に征爾に教えるとみるみる克己を追い抜いて上達してしまった。町のピアノ教師につけたが、すぐに自分の手には負えないから東京の先生につかせた方がいい、という程になった（『小澤征爾大研究』十二ページによる）。

……（戦後）おやじは歯医者に戻ればいいものを「長いことやっていないからもう忘れた」と言って、商売を始めてはことごとく失敗した。僕が小学校六年生の時にはミシン製造の会社を始めると言うので、立川の家を売り払い、金田村へ移る。小田原の近くだ。わらぶき屋根の古い農家に住み、おふくろが慣れない百姓仕事で米を作って育ち盛りの四人の息子を食わせた。

　中学に入学する段になって、慣れない農村の学校よりは私学の方が良かろうということになった。家から二時間半もかかったが、おふくろが成城学園に決めた。入学は昭和二十三年（一九四八年）四月、知り合いのツテでピアノの豊増昇《とよますのぼる》先生に弟子入りしたのもその頃だ。レッスン料は無料にしてくれた。……

◆昭和二十三年、成城学園中学校に進む。貧しい中で私立中学に進ませたのは、土地の中学の風紀があまりにひどかったからだ。成城か玉川かと迷ったが、結局、成城に落ち着いた。これは偶然としか言いようがないが、その偶然がどれほど征爾に影響を与えたかはかり知れない。

　成城でのあだ名は、「ガマ平」。小田原の言葉なまりがあって、いかにも田んぼの「ガマ平」という名がピッタリだったそうだ。しかし、だからといってバカにされるということはなかった。成城は何より自由だった。征爾は、自分をそのまま伸ばすことができた（『小澤征爾大研究』十三ページによる）。

◆豊増昇は、東京音楽学校（現・東京藝大）卒業後、ドイツに留学。帰国後は東京音楽学校教授を務めた。園田高弘、舘野泉《たてのいずみ》の師でもある。

　……征爾は、金田村から通学するのがあまりに大変なので、成城の酒井公《さかいこう》先生のお宅、その後は成城の教会の平出牧師の厚意で二階にも一時下宿し、礼拝でオルガンを弾く代わりにただで住まわせてもらっていた（この頃の小澤一家は、まだ金田村に住んでいた）。……

◆小田急線の新松田駅から成城学園前まで約二時間半の遠距離通学だったが、連日ラグビーとピアノのレッスンに明け暮れる。夕方ラグビー部の猛練習が終ると、その足でドロンコのまま世田谷区奥沢の豊増昇先生の家までレッスンに通っていた。金田村に帰りつくのはいつも夜おそくだった（『小澤征爾大研究』一三五ページによる）。

◆「中学の終り頃にはピアニストになろうと決心していた。今でも憶えているけどね、ピアノの調律代は高いから、なかなか調律してもらえないわけ。それでもたまには来てもらうでしょう、調律師に。調律した後のピアノの音のきれいさを今でも憶えているよ」（武満徹・小澤征爾著『音楽』一三〇ページ（新潮文庫　一九八四年）による）。

……中学に入ってラグビーを始め、たちまち夢中になった。おふくろは「ピアノを弾いているんだから指は大切にしないといけない」と言って、ラグビーを禁止した。昭和二十五年（一九五〇年）、中学三年になる直前、ラグビーの試合で両手の人さし指を骨折し、顔を蹴られて鼻の中が口とつながったのが分かった。そのまま救急車で病院に担ぎ込まれ、入院するはめになった。

退院後、豊増先生に「もうピアノは続けられなくなりました」と言うと、「音楽はやめるのか」。黙っていたら先生が「『指揮者』と言うのがあるよ」。初めて聞く職業だった。指揮者もオーケストラも見た事がなかった。

おふくろが「うちの親戚に指揮者がいるよ」と教えてくれた。おふくろの亡くなった伯母・おとらさんの息子がチェロ弾きで、指揮もやるという。名前を齋藤秀雄《さいとうひでお》といった。おふくろに書いてもらった手紙を持って、一人で東京麹町のお宅を訪ね弟子入りを頼んだ。……

◆齋藤秀雄は、戦前ドイツに留学してチェロを学んだ。帰国後、新交響楽団の首席奏者を務める一方、指揮もした。戦後は一転、教育に心血を注ぐ。東京・市ケ谷に「子供のための音楽教室」を作り、基礎から音楽を教えていた。

◆おとらさん（齋藤トラ）は、齋藤秀雄の母親である。征爾の母（さくら）とは伯母・姪の間柄になる。しかも、さくらはクリスチャンとしての洗礼を長老だったトラの手で施《ほどこ》されている。トラに大いに見込まれたのだ。征爾は齋藤が親類だとわかると、やみくもに齋藤の家に走り込んだのでトラが何者であるかよく知らなかったのだ（『小澤征爾大研究』十五ページによる）。

◆齋藤は、一年後に創設する桐朋学園音楽科に入るよう勧めて下さったが、それまで市ヶ谷の家政学院にある「子供のための音楽教室」に入ってソルフェージュなどの基礎を勉強しておくようにアドバイスしてくれた。征爾は、おとらおばさんとやらのことを、おふくろがよく話していたのを思い出し、「親類に、おとらさんという人がいるそうですが、先生知っていますか？」と言うと、「ああ、知っている。オレのおふくろだ」と、すまして答えたという（『小澤征爾大研究』二三六ページによる）。

◆「僕は先生の弟子というより近かったわけです。親類だったからね。一緒にしょっちゅうくっついていたしね」（武満徹・小澤征爾著『音楽』一三〇ページによる）。

……齋藤秀雄先生から、「一年後に桐朋学園の音楽高校というのを作るから、そこに入りなさい」と言われた。今度は普通高校の桐朋学園女子高校の中に音楽科を新設すると言うのです。まず、成城学園の高校に進学して一年待つことにした。その間に柴田南雄《しばたみなお》先生に作曲を、聴音を小林福子先生に習った。指揮は齋藤先生の弟子の山本直純《やまもとなおずみ》さんに基礎を教わり、月に二度ほど齋藤先生に見てもらった。うちはその頃、金田村から引っ越していた。世田谷区代田の貸家に移ったものの、家賃が払えなくなって東京農大の校舎に住み着いた。おやじの知り合いに農大の関係者がいて、空き教室を使わせてくれたからだ。……

◆山本直純は、東京五反田の至誠病院に生まれる。高校時代から自由学園を借りて毎週日曜に開かれていた齋藤秀雄指揮教室で齋藤に師事。同時期の同門に、小澤征爾、久山恵子、秋山和慶、飯守泰次郎、尾高忠明らがいる。東京藝術大学音楽学部指揮科卒業。

◆征爾は、昭和二十七年成城学園高校を一年で中退して、創設されたばかりの桐朋学園女子高校付属音楽科に一年から入り直した。第一期生として入学、作曲・指揮科は征爾一人。音楽科だけ共学だったが、第一期生の男子は征爾のほか、堀伝さん（ヴァイオリン）、林秀光さん（ピアノ）、村上綜さん（声楽）の四人だけ。この頃は、既に金田村から世田谷区内に移っていた（『小澤征爾大研究』二三六ページによる）。

金田村については、大体このように書いてある。私の家は大井町金手、御殿場線の金手踏切の坂の下にあります。当時、金手の子どもたちが金田小学校に行くには、この踏切を通らないと行けない。小澤少年も毎日踏切を越えて学校に通ったことでしょう。私の童謡の会には金手在住の人がいますが、小澤さんの事を語る人はいません。わずかに一件、「布製のカバンをタスキ掛けに背負って金田小学校に通う小澤少年を見かけたことがある」と言う人がいただけでした。

私の祖母は、私が小学生でピアノを練習していた頃、「金手にも、ピアノが聞こえて来る家があった」と言っていました。もっと詳しい事を聞いておけばよかったと悔やまれます。小澤さんの一家が暮らしていた家のあった場所を教えてもらいましたが、今は新しい家に建て替えられています。

平成十七年（二〇〇五年）、大井町は町制五十周年を翌年にひかえた時、記念事業として「小澤征爾コンサート」の実現に取り組みました。しかし、旧金田村・金田小学校の同級生や町長が東京上野の東京文化会館で上演中の『東京のオペラの森』の指揮を取るコンサート会場の楽屋に会いに行って説得しても、来ることはありませんでした。「問題は時間ですね」と呟いたそうです。

楽屋では、持参した小学校時代の写真を見てもらい、金手の村祭りでバチを握った太鼓の話題になり、「テンテコ・マッツァン」と太鼓を叩く仕草をしたそうです。小澤さんは、金手に住んでいた頃の事を鮮明に覚えていた。金手のお祭りの太鼓は、「テンテコ・マッツァン、テコマッツァン」と叩く。

ところで、町の代表者たちは、今聴いたコンサートの感想を、小澤さんにどのように伝えたのでしょうか。

◆平成十七年、音楽祭『東京のオペラの森』がスタートし、『エレクトラ』(R・シュトラウス作曲)を指揮。
◆大井町は、昭和三十一年(一九五六年)四月一日、金田村と相和村、曽我村の上大井、西大井地区の二村二地区が合併し誕生、平成十八年四月一日に町制施行五十周年を迎えた。

平成三十年(二〇一八年)一月十二日、NHKテレビ『あさイチ』プレミアムトークに小澤征爾さんが出演された。現在八十二歳。

「小田急の新松田の金田村の中学校に行くはずが、成城学園に行かせてくれた。成城に行ってなければ音楽はやっていなかった。……田舎もよかったですよ。田植えをやった。ミカン狩りもした。あのあたりでは、今でもやっているんじゃあないかな」。

この発言は、東京に引っ越して以来、一度も大井町金手を訪れていないことがわかる。小澤さんは、今も話す時、早口の小田原弁です。小田原弁はきれいな方言ではない。ピアノをリヤカーで運んだ話も出た。今年(平成三十年)、三月の小澤塾のオペラの演目は、歌劇『ジャンニ・スキッキ』(プッチーニ作曲)、『こどもと魔法』(ラヴェル作曲)の予定。私はファンの一人として、これからも元気で活躍されることを願っています。

「音楽家は、美しい音を聴く人に与えるのが仕事だ。みんなそう思っている。僕もそう思ってやってきたが、この年になると、知っている戦争のことを話さなければいけないと思う。若い人たちに戦争の悲惨さ、平和の中で音楽ができることのすばらしさを伝えなければと思うようになってきた」（小澤征爾の言葉）。

武満徹の音楽

世界的に活躍した日本人作曲家、武満徹が亡くなって二十年になる。武満が、とても愛した楽器の一つがギターだった。

平成二十八年十月二日、『題名のない音楽会』で武満徹の特集が放送された。

〔楽曲〕

・「小さな空」作曲：武満徹、ギター演奏：渡辺香津美、ギター演奏：鈴木大介。かわいい曲で、すがすがしい。

・「ヘイ・ジュード」作曲：J・レノン、P・マッカートニー、編曲：武満徹、ギター：鈴木大介。武満徹はビートルズが大好き。

・「どですかでん」作曲：武満徹、ギター：渡辺香津美、ギター：鈴木大介。

・「死んだ男の残したものは」作詞：谷川俊太郎、作曲：武満徹、歌：藤木大地、ギター伴奏：鈴木大介。

◆谷川俊太郎は、昭和六年（一九三一年）東京生まれ。詩人。昭和三十七年（一九六二年）「月火水木金土日の歌」で第四回日本レコード大賞作詞賞した。谷川俊太郎と武満徹は親友だった。「世界の武満。と言われているなんて、信じられない。そうなんですかという感じです」と語った。

◆鈴木大介は、作曲家の武満徹から「今までに聴いたことがないようなギタリスト」と評されて以後、新しい世代の音楽家として常に注目され続けている。マリア・カナルス国際音楽コンクール第三位、アレッサンドリア市国際ギター・コンクール優勝など数々のコンクールで受賞。洗足学園音楽大学客員教授。横浜生まれ。

◆藤木大地は、カウンターテナー。ウィーン在住。二〇一二年日本音楽コンクール声楽部門第一位。美しい声です。

平成二十八年八月二十七日、『ららクラシック』でも、武満が世界的に有名な歌をギター用にアレンジした作品集を取り上げた。

「ギターのための12の歌」は、日本の童謡や世界の映画音楽、ジャズの名曲、そしてビートルズの歌など、武満徹が大好きだった歌をギター用にアレンジしたもの。

武満徹がギターの独奏曲を作曲するきっかけは、ギタリストの荘村清志さんとの出会いだった。当時まだ無名だった荘村さんが、自分のコンサート用にオリジナル曲を依頼。その際、武満はアンコール用に映画『オズの魔法使い』の「オーバー・ザ・レインボー」のアレンジ曲も手渡していた。武満は「オーバー・ザ・レインボー」が、とても気に入っていた。荘村清志さんは現在六十八歳になっていた。

放送では鈴木大介さんのギター演奏で「オーバー・ザ・レインボー」（作曲：ハロルド・アーレン）と、「イエスタデイ」（作曲：ポール・マッカートニー／ジョン・レノン）が演奏された。

ポール・マッカートニーが「自分が大学で講義をする時、このアレンジを紹介していいか」と訊ねたそうだ。感動した私は、放送後、早速『武満徹ギター作品集成』のCDを買って聴いた。「ロンドンデリーの歌」「オーバー・ザ・レインボー」「サマータイム」「早春賦」「失われた恋」「星の世界」「シークレット」「ヒア・ゼア・アンド・エヴリウェア」「ミッシェル」「ヘイ・ジュード」「イエスタデイ」「インターナショナル」。演奏は鈴木大介。

「星の世界」は、星のきらめきが際だつアレンジ、「ミッシェル」は、胸に響く甘くせつないアレンジになっていて、すばらしい。

私は音楽大学で学んでいる時、先生に「このオペラのアリアは」とか「ベートーヴェンの楽譜のこの部分には、このような和音が使われていて」と言われても、さっぱりわからなかった。すぐ、上野の文化会館にオペラを観に行ったり、レコードや楽譜を買って勉強した。遅れながらもついて行き、やっとのことで卒業した。気がつけば、入学の時より卒業生は激減していた。それぞれの理由で退学、留年者が大勢いた。私は、今でも音楽の勉強を続けている。CDを聴いたり、楽譜や本を読んだり、音楽のテレビ番組を観たり、興味のある事を学ぶのは楽しいものです。

ブルクミュラーの魅力

Eテレ『ららくらクラシック』で、ピアノのお稽古の定番曲、ブルクミュラーの『25の練習曲』の放送があった。私は、かつて近所の子どもたちにピアノを教えていたので、ブルクミュラーの

『25の練習曲』が、これほどすばらしいものだったのかと再認識した。「ブルクミュラー」とは、本のタイトルだと思われているほど作曲家自身については、ほとんど知られていません。

◆ブルクミュラーは、一八〇六年、南ドイツ・レーゲンスブルク生まれ。両親から音楽を学び、二十六歳でパリへと渡ります。当時はリストやショパンが大人気で、ピアノ文化が花盛りの時代。そして一般家庭にもピアノが普及するようになっていました。そこで人々が求めたのが、初心者でも楽しめるやさしいピアノ曲集と、それを教えてくれる指導者でした。ブルクミュラーはそんな当時の音楽事情に後押しされ、ピアノ教師という職を得たのです。真面目で熱心な仕事ぶりから、次第に人気教師となり、ついにはフランス国王の子どもにもピアノを教えるまでに。そして初心者へのレッスンを重ねる内に、上達するための方法を考えるようになります。そして四十五歳で出版したのが『25の練習曲』。たとえ初心者でも、おしゃれな曲を弾くことができると人気になり、長く愛される作品となった。

初心者向けの教則本の中でも、ブルクミュラーの練習曲は、音の強弱や速度を示す演奏記号がとりわけ多く使われています。譜面に指示された記号をしっかり表現すれば、初心者でもリストやショパンになった気分を味わえます。『18の練習曲』や『12の練習曲』は上級用です。

今回のピアノ演奏者は佐藤卓史さん、第七十回日本音楽コンクール第一位。演奏曲はブルクミュラー作曲『25の練習曲』から「アラベスク」、『18の練習曲』から「風の精たち」、『12の練習曲』から「夕べの時」でした。

「アラベスク」がすばらしかった。優れた演奏を聴くと、自分でも弾いてみようと思います。私の童謡の会では、「アラベスク」の伴奏に乗せて童謡「黄金虫」（作詞：野口雨情、作曲：中山晋平作曲）を歌っています。

民謡を楽しむ

平成二十八年十一月十三日、三十五周年記念発表会「米若会」を聴きに行った。民謡のコンサートは、初めてで緊張した。入場無料なのに、受付で立派なプログラムをいただいた。松田町民文化センター大ホールは、午前十一時の開演から午後四時の終演まで満席でした。その間、休憩は十分だけ。

会場を埋め尽くした客は、二、三人で連れ立って来ているので、隣同士で話をしている。楽しそうだ。幕が上がっても話し続けている。

会員の唄が始まった。一人一曲ずつ二番まで唄う。ピアノの発表会のようだ。最初の人は「ひえつき節」、一人の歌い手に対し、合いの手を入れる（唄ばやし）が二人と、三味線の人が四人、尺八の人が四人、鳴物（太鼓や鐘）の人が二人いる。鳴物の人は指揮者の役目で、全曲暗記している。おおよそのテンポを決めたり、終わりの合図を送ったりする。

「武田節」「南部牛追唄」「箱根馬子唄」「秋田節」「おてもやん」「お江戸日本橋」「佐渡おけさ」……唄い手が変わるごとに伴奏の三味線と尺八の伴奏者がめまぐるしく交代した。

驚いた事に、ステージで唄っている人がいるのに、会場では楽しくおしゃべりが続いている。そのため、ステージはマイクのボリュームが全開になっている。耳が痛い。クラシックのコンサートでは、ステージの演奏を静かに聴く。隣りの人とは話をしない。演奏に聴き入る。常識だ。これは一体何だろう。

さらに驚いた事に、客は知っている曲があると一緒に唄う。一緒に唄ってしまうとステージで唄っている人の声を聞くことができない。

尺八の演奏があった。六人の合奏。「椰子の実」「刈干切唄」「旅愁」編曲がおもしろかった。しかし、客は尺八の音《ね》を聴くどころか気持ちよく大きな声で歌った。司会者が「歌も入って、よかったですねえ、ありがとうございました」と言った。私は、「民謡は、こうして楽しむものなのか」と思った。

四時近くになって、やっと特別出演の原田直之さんの唄になった。「新相馬節」は、昔と変わらない好い声で聴かせた。姿勢がいい。唄う時は姿勢が良くなければいけないと確信した。私は、童謡の会の指導の時、「姿勢を良くしてください」と言うようにしている。

続いて「大漁唄い込み」唄と華やかな踊りが披露された。三曲目は「花は咲く」東日本復興支援ソングが民謡調になっていた。フィナーレは、特別出演者全員で「花笠音頭」を唄い締めくくられた。客は、口々に「よかったわねえ」と満足し、民謡を楽しんで笑顔で家路についた。

◆原田直之さんは、福島県双葉郡浪江町出身。福島県立双葉高等学校卒業。昭和三十五年(一九六〇年)『NHKのど自慢』の民謡部門福島県代表となる。昭和五十三年(一九七八年)、NHKの『民謡をあなたに』に出演。金沢明子さんらと活躍。平成二十三年(二〇一一年)故郷である浪江町が、東北地方太平洋沖地震並びに福島第一原子力発電所事故に襲われた。日本放送協会による「花は咲く」プロジェクトに参加し、東北復興に尽力している。『ＮＨＫみんなのうた』で「こきりこの歌」、富山県民謡（編曲：三枝成章）を歌い、透きとおった良く響く声で人々を魅了した。

クラシックを楽しむ

平成二十七年（二〇一五年）十一月十五日、小田原市民会館大ホールで、小田原フィルハーモニー交響楽団第一一二回定期演奏会、天満敦子《てんまあつこ》さんを迎えてストラディバリウスで奏でるメンデルスゾーン「ヴァイオリン協奏曲ホ短調作品六四」を聴いた。指揮・三河正典。

観客はヴァイオリンの深い響きに涙した。音が泣かせた。右前の席の男性は手で涙をぬぐった。さらに隣の席の男性も手で涙をぬぐっていたが、たまらずズボンのポケットから黒いハンカチを出して涙をぬぐった。号泣になった。小田原フィルも負けていなかった。好い演奏だった。

アンコールは、童謡「月の沙漠」だった。演奏者の訴えるものが伝わって来た。静かに聴き入り、感動の時が流れた。今でも心に残っています。

「父方も母方も、だれも音楽家はいません。私だけです」天満敦子。
◆天満敦子さんのヴァイオリンは、アントニオ・ストラディバリ（弦楽器製作者）晩年の名作。弓は伝説の巨匠ウージェーヌ・イザイ遺愛の名弓。

童謡の会の「おしゃべり」

民謡のコンサートとクラシックのコンサートとでは、これだけ楽しみ方が違う。会場に足を運ぶ人にも違いがある。年齢も関係しているかも知れない。

ある日、真鶴の童謡の会員が、「後ろの方の人が、ずっとしゃべっていて先生の話が聞こえない」と言って来た。私は「前の方の席が空いていますから、前の方にどうぞ」と言ったのを思い出した。童謡の会でも、隣同士楽しくおしゃべりをしていたのだと事情がわかった。

美川憲一の「おだまり！」

平成二十八年十二月七日、NHKテレビ『スタジオパークから　こんにちは』に歌手の美川憲一さんが出演した。「私のトレードマークの『おだまり！』という言葉は、私が歌っているのに、しゃべっている人がいるのよ。それで、『うるさい！』って言おうとしたけど、それじゃあ、ステージにあがって来てぶんなぐられるかもしれないでしょう。だから『おだまり！』って言ったの。言ってから会場を見たら、みんなが笑ってるじゃあない。これっていけるかもと思って、それから女言葉を使うようになったのよ」「なんだかんだあったけど、もう七十歳よ。『柳ヶ瀬ブルース』のヒットは五十年も前よ」「なるほどそうだったのか」。

真理ヨシコの「歌の力」

平成二十九年五月十九日、JR東海道線の車内で名古屋から来たという品の好い夫人と話をした。藤沢で江ノ電に乗り換えて、娘さんの家に行き、明日孫の運動会を見に行くとのことだった。『読む、歌う　童謡・唱歌の歌詞』をプレゼントすると、「童謡のコンサートで、真理ヨシコさんの歌を聴いた事があります。美しい声でした。今でも覚えています。それまでザワザワしていた会場が、真理ヨシコさんが歌い出すとピタッと静まり返ったんですよ。だれも静かにしなさいなんて言わなくても。歌の力ってすごいですね」と言った。私から歌の本を受け取ったその人は、嬉しそうに手をふった。「また、どこかで、いつか、お会いしましょう」と私は言った。しばらくして、絵手紙で歌の本のお礼状が来た。

『題名のない音楽会』へようこそ

若い演奏家に期待

平成二十九年一月十五日、『題名のない音楽会』を観る。テーマは「難しいピアノ曲を弾く音楽家たち」。ピアノ演奏者は福間洸太朗さんと森下唯さん。いとも簡単に難曲を弾いた。福間さんはストラヴィンスキー作曲、アゴスティ編曲の「火の鳥」より「凶悪の踊り」を弾いた。森下さんはアルカンの「鉄道」を演奏。司会は五嶋龍さん。若い演奏家に期待したい。

ラン・ランおおいに語る

平成二十九年二月五日、『題名のない音楽会』を観る。番組二五〇〇回記念「ピアノ界のスーパー

スター　ラン・ランと音楽家たち」。司会は五嶋龍。ゲストはラン・ラン。
〔演奏曲〕
・ガーシュイン「ラプソディ・イン・ブルー」
・ショパン「スケルツォ　第二番」
・ファリャ「恋は魔法使い」より「火祭の踊り」

ラン・ランが、幼少期の体験やピアニストになるまでの思い出を語った。どれも興味深いものばかり。

少年時代から厳しい練習を積んできたラン・ランのようなピアニストでも、マンガやアニメが大好きな普通の子どもと同じ側面を持っていた。「トムとジェリー」の演奏シーンにすっかり魅了されて音楽が好きになったという。ラン・ランは、自伝でこんなふうに述べている。「ピアノを弾くと、僕はただの少年ではなく、特別な何かになった。孫悟空やトランスフォーマーやトムとジェリーのように、ピアノは僕をもっと幸福な世界へと連れて行ってくれた」（『奇跡のピアニスト郎朗《ランラン》 自伝』より）。

母親の仕送りだけでは、仕事をやめた父親との都会生活はできず、次々コンクールに出て、賞金で生計をたてるようになった。中国で「勝利第一主義」を植え付けられたラン・ランは、アメリカに渡って価値観の転換を迫られます。奨学金で入学したカーティス音楽院の名教師ゲイリー・グラフマンは、「すべてのコンクールを制覇したい」と語るラン・ランに対して、「もうコンクールに出場する必要がない」と諭す。音楽はスポーツ競技のような順位を争うものではなく、人と心を通い合わせる詩のようなもの。そう教えるグラフマンとの出会いが、音楽家ラン・ランの重要な第一歩を後押しした。

次いで、ピアニストで指揮者のエッシェンバッハとの出会いもラン・ランに大きな影響を与えた。エッシェンバッハからラヴィニア音楽祭のオーディションに招かれたラン・ランは、求められるまま次々と演奏を続け、当初二十分間の約束が二時間にもなってしまったという。時を忘れてラン・ランの演奏に耳を傾ける名匠エッシェンバッハ。想像するだけでも、すごい場面。短い映像でしたがエッシェンバッハの今を観ることができました。

◆ラン・ラン Lang Lang〔中国語：郎朗〕は、昭和五十七年（一九八二年）六月十四日生まれ、中国遼寧省瀋陽出身のピアニスト。父親の郎国任は満族出身で、中国空軍瀋陽部隊歌舞団の二胡奏者だった。父親は、子どもたち全員に楽器を習わせた。

◆平成二十九年一月スタートの大河ドラマ『おんな城主　直虎』のテーマ音楽（作曲：菅野よう子）のソリストはラン・ラン。また、本編の後の『大河ドラマ紀行』の演奏は、ヴァイオリニスト、五嶋みどりが担当している。

ゲストのユージさんが泣かせた

平成二十九年二月四日の『ららクラシック』は、スコット・ジョプリンの「エンターテイナー」。

司会は、作家の石田衣良《いしだいら》さんと作曲家の加羽沢美濃《かばさわみの》さん。ピアノ演奏は中野翔太さん。ゲストはタレントのユージさん。

ジョプリンの「エンターテイナー」が一躍注目を集めるきっかけとなったのが昭和四十八年（一九七三年）のアメリカ映画『スティング』。軽快でリズミカルな音楽がピタリとはまり、大人気の曲となった。

作曲者ジョプリンが得意としたのは、ラグタイムと呼ばれる大衆音楽。十九世紀から二十世紀はじめにかけて流行し、歓楽街の酒場などで、黒人のピアニストたちが盛んに演奏していた。ラグタイムの名の由来は、「規則正しい拍子をくずすから」とか、「ぼろきれを身にまとった人が弾いていたから」など、諸説あり。

「エンターテイナー」は、そんなラグタイムの代表作。踊り出したくなるような躍動感、何度も聴きたくなるその親しみやすさは、酒場に集まる人たちを大いに熱狂させたといいます。近年は、クラシックの著名な演奏家たちも好んで取り上げ、誰もが知る名曲となった。

一八六〇年代に奴隷解放令が出されたものの、アフリカ系アメリカ人たちは依然として、白人からの差別に苦しんでいた。そんな時代に音楽好きの家庭に生まれたジョプリンは、幼い頃からピアノに親しみ、白人の教師からクラシック音楽の手解きを受けた。やがて彼は、酒場で演奏するピアニストになり、一八九九年、初めてのラグタイムの作品を出版。しかし、その表紙は「ジョプリンが集めたぼろきれのような音楽」と銘打った屈辱的な表紙でした。めげることなく作曲を続けた彼は、「メイプル・リーフ・ラグ」という空前のヒット作を生み出しラグタイム王と呼ばれるようになった。以後も名作を続々と発表する中で「エンターテイナー」が誕生した。

しかし、白人たちからは、「ラグはしょせん黒人の音楽」と、さげすまれていた。ジョプリンは、さらに本格的なクラシック音楽の作曲にも取り組み、一九一一年、歌劇「トゥリーモニシャ」を発表。それでも、黒人蔑視の風潮はやむことがなく、オペラの上演は失敗。精神を病んだジョプリンは、志なかばの四十八歳でこの世を去ります。ジャズの流行と共に、ジョプリンのラグタイムは忘れ去られていった。再び彼の音楽に光が当てられたのは、死後、半世紀以上を経た一九七〇年代。「エンターテイナー」の大ヒットとともに、ジョプリンの音楽は改めて見直された。

「エンターテイナー」の親しみやすさは、どんな工夫から生まれるのか。第一のポイントは、シンプルな旋律。冒頭のイントロは、左手と右手が一オクターブ離れていますが、殆ど同じような旋律の繰り返し。その後の主題も四小節で完結するようなコンパクトな旋律。

第二のポイントは、左手と右手のズレ。左手のリズム、「タンタン」に対して、右手は、「ンタンタ」になっている。『春が来た』などの身近な曲を、左手と右手のタイミングをずらして弾くと、ラグタイムのようなノリが出てくることが実感出来ると作曲家の加羽沢美濃さんが説明し、実演した。すばらしい。

「エンターテイナー」は、シンプルで覚えやすいメロディー、そして、左手と右手のズレから生まれるノリのよさが、聴く人の心を捉えている。

今回のゲストはタレントのユージさん。父はアメリカ人、母は日本人。「五歳の時、母親と日本に来た。英語しか話せなかった。容姿がこんななので、小学校に入学するといじめられた」。司会の石田衣良さんが訊ねた「背は高かったのではないですか」「僕は小さくて、前から二番目でした」。

「どうやって克服して行ったのですか」「十九歳の時、アメリカに行って、それまで一度も会わなかった父親に会うことができました。いとこも、いっぱいいました。僕はアメリカにも日本にも故郷がある。こんなに沢山の人が僕の周りにいる。他の人より二倍も幸せと気がつきました」「それは好かったですね」。

私は、感動して泣きそうになった。この番組のすばらしい所です。クラシックの曲だけにこだわっている人には、わからないでしょう。

ユージさんは、幼い頃ピアノを習っていた。得意は「エリーゼのために」。「エンターテイナー」は、「どこか切なさを感じる。僕っぽい。弾けたらカッコいいな」と言った。

私と一緒に観ていた夫も「僕も弾いてみたいな」と言った。この番組は音楽を好きにします。

◆Eテレ『ららクラシック』は、平成二十九年三月二十五日の総集編を最後に、司会の加羽沢美濃さんと石田衣良さんが卒業した。総集編アンコールでは、たくさんの名曲の中から「剣の舞」が選ばれていた。「剣の舞」の解説は、みごとだった。

感動の「ノヴェンバー・ステップス」

Eテレ『ららクラシック』の司会は、四月から俳優の高橋克典さんになった。平成二十九年五月十二日Eテレ夜九時三十分放送は、武満徹作曲の「ノヴェンバー・ステップス」だった。「ノヴェンバー・ステップス」は、オーケストラと日本の尺八・琵琶による斬新な曲。五十年前、アメリカ・ニューヨークで初演された。初演のきっかけを作ったのは、指揮者の小澤征爾さん。当時ニューヨーク・フィルの副指揮者だった小澤は、楽団百二十五周年を記念し世界の作曲家に曲を委嘱する中、日本人作曲家の選考を任された。そこで伝統の和楽器を使って作曲が出来る武満徹さんを推薦した。

初めての海外からのオーダーに武満は大喜びで引き受けた。ところが曲を書き始めると徹底した合理主義の洋楽、西洋ではノイズとされる倍音などを持ち味とする邦楽、西洋と日本の音楽性の違いに悩み、行き詰まっていく。窮地を救ったのは、滞在中の山里に鳴り響いていた村の有線放送だった。風や鳥のさえずり、決してお互いを損ない合う事なく響きあう自然の音と放送の音。そうした環境音を聴くことで、それぞれが独自に存在しながら共存もする、これまでに無い新たな発想の協奏曲を完成させた。

武満は「オーケストラに対して、日本の伝統楽器をいかにも自然にブレンドすることが、作曲家のメチエ（技巧《ぎこう》）であってはならない。むしろ、琵琶と尺八がさししめす異質の音の領土を、オーケストラに対置することで際立たせるべきなのである」「特別の旋律的主題を持たない十一のステップ。能楽のようにたえず揺れ動く拍」という言葉を残している。

昭和四十二年（一九六七年）秋、武満はアメリカへと渡る。「ニューヨーク・フィルの連中は、気位が高く、特に現代曲にはつらくあたる」との前評判。心配はリハーサルの初日、見事に的中する。琵琶・尺八を演奏する名人二人が羽織袴の正装で、深々とお辞儀をしたその時、オーケストラのメンバーが笑い出した。小澤は怒った。「日本の音楽が笑われた、武満が馬鹿にされた。このコンサートは絶対に成功させなければならない」小澤の意気込みはオーケストラのメンバーにも伝わった。コンサートは成功し、武満徹の名を世界に示した。

尺八の横山勝也さんは「本当に命がけでした」と当時を語る。若き音楽家たちの未来、名人が背負う数百年の伝統、日本音楽界のこれまでと、これから、その真価が問われる初演だった。西洋音楽のオーケストラに対して、独奏する尺八と琵琶。

武満は「洋楽の音は水平に歩行する。だが、尺八の音は垂直に樹のように起こる。尺八の名人が、その演奏のうえで望む至上の音は、風が古びた竹藪を吹きぬけていくときに鳴らす音であることを、あなたは知っていますか?」と言っている。

『ららクラシック』のスタジオでは楽譜を題材に作曲家・青島広志さんが解説した。わかりやすい解説だった。西洋音楽では排除される「雑音(ノイズ)」に注目し、武満が目指した曲の本質を垣間見た。そこから浮かびあがるのは、日本の伝統楽器そのものが持つ魅力を損なうことなく、オーケストラを伴奏・背景として描いたということ。琵琶・尺八の生演奏も交えて、武満が求めた音色を紹介した。

この日放送に使われた演奏は、「ノヴェンバー・ステップス」から抜粋、武満徹(作曲)、シャルル・デュトワ（指揮）、柿堺香（尺八）、中村鶴城（琵琶）、NHK交響楽団（管弦楽）、ザルツブルク音楽祭二〇一三（フェルゼンライトシューレ／オーストリア）。

私が一番感動したのは。琵琶の演奏部分だった。琵琶は打楽器のように使われている。琵琶の演奏は何度か聞いていたが、その演奏は新しかった。琵琶の鶴田錦史さんによれば、「作曲者武満によって開拓された多くの新しい技法も用いられている」という。やはりそうだったのか。私は自分の感想に興奮した。

すばらしかったので、再放送を、童謡の会員と尺八を習って一年目という人に連絡をした。再放送も、言葉に言い尽くせないほどの感動があった。

◆「ノヴェンバー・ステップス」は、ニューヨーク・フィルハーモニックの創立一二五周年記念演奏会のための委嘱作品として、一九六七年四月から八月にかけて作曲され、同年十一月九、十、十一、十三日の四日間にわたって、琵琶・鶴田錦史、尺八・横山勝也、小沢征爾指揮のニューヨーク・フィルによって初演された。曲名の「ノヴェンバー・ステップス」は、作曲者の武満徹によって「十一月の階梯」と訳されている。

第８章　スポーツ

跳躍《ちょうやく》の選手高飛ぶつかのまを炎天《えんてん》の影いきなりさみし
寺山修司『空には本』より

リオ　オリンピック

開会式

第三十一回夏季五輪リオデジャネイロ大会が平成二十八年（二〇一六年）八月五日（日本時間六日）開幕した。南米大陸初となる祭典。開会式のテーマは「環境保護」、各国選手団の国旗と一緒に、一本の木の苗の鉢を抱えた少年少女が参加した。選手も行進の際に自然樹の種を鉢に入れる演出もあった。

映画監督フェルナンド・メイレレスの指導（演出）でブラジルの歴史が紹介された。先住民、ポルトガル人、アフリカ人、そして日本人を表現するパートが盛り込まれた。

ブラジルは、ポルトガルから来た人々に占領され、銃撃戦の末、ポルトガル領になった。続いて、「アフリカから連れて来られた奴隷、奴隷の時代が長く続きました」というアナウンサーの解説が入った。鎖でつながれた人々の行進に胸が痛かった。後日、何度も紹介される開会式の模様からは、「アフリカ奴隷」の部分は省かれた。

日本からの移民、新天地を求めて日本から大勢の人々が移り住んだ。コーヒー園の開拓。それは苦難の道だった。

四年後に開催される日本でのオリンピックで、日本の歴史を紹介する時、「原爆投下」は、どのように紹介するのだろう。

聖火リレーの最終ランナーは、アテネ五輪マラソン銅メダリスト、バンデルレイ・デリマ氏が聖火台に点火した。デリマ氏は、アテネ五輪で沿道から飛び出した男に抱き付かれて妨害されても三位に入った。あきらめない姿勢が世界の感動を呼んだ。ブラジルの英雄。みんなが覚えていた。開会式は、映画監督らしい演出で、すばらしかった。華やかなオリンピックだが、ブラジルには、貧しい人々の暮らしもある事を忘れないで。

三宅宏実の親孝行

八月六日、この日は、メダルラッシュに沸いた。競泳男子四百メートル個人メドレーで、萩野公介（二十一歳）選手が金メダルに輝いた。瀬戸大也（二十二歳）選手は銅メダルを獲得した。柔道では高藤直寿選手、近藤亜美選手が銅メダル。

重量挙げは女子四十八キロ級の三宅宏実（三十歳・身長百四十七センチ）選手が三位に入り、ロンドン大会の銀メダルに続く二大会連続のメダルを手にした。左膝と腰を痛め、痛み止めの注射をしての試技だった。かたわらには父親の三宅義行氏が指導者として、いつもついている。義行氏はメキシコシティオリンピック重量挙げフェザー級で銅メダルを獲得した人。

「お父さんやったよ」「よくここまでやってくれた。本当によく練習をしてくれた。練習したからジャークの三回目が挙がった。誰よりも練習したね。よく頑張った。本当にありがとう」と、褒めたたえた。宏実選手は、こらえていた涙を流し、親子で握手を交わした。

父親の期待を一身に受けての銅メダルだった。父親のために勝ち取ったメダル。自慢の娘は、ジャークを成功した後、バーベルに頬ずりした。

カットマン

卓球女子シングルス三位決定戦で福原愛選手は北朝鮮のキム・ソンイ選手と対決し、銅メダルを逃し四位になった。

北朝鮮の選手は、福原選手を研究しつくし、死を覚悟で挑んできた。これに対し、国際大会の出場機会が少ない北朝鮮選手の情報は限られていた。テレビからは「カットマンの登場です」「カットマンをどのように攻略するでしょうか」と、「カットマン」が連呼された。キム選手のプレーを観戦して私は驚いた。

私の家の庭には、大きな木の下に卓球台があり、小学校を退職した母は、来客と卓球を楽しんでいた。小学校の時の教え子が「僕は、よく先生の家に遊びに行き、お菓子をもらった。先生は元気だろうかと通りがかりにのぞいたら、下駄を履き、モンペ姿で、頭に手ぬぐいをした先生が、卓球をされていた」という話が残っている。家に来た人は、卓球をワンゲームしないと帰してもらえなかった。

母のプレーは、相手が打って来る球を、ラケットに当てるだけだった。つまり「カットマン（守り中心のカット主戦型）」。しかし、甘い球は凄まじい形相で打ち込む。運動神経抜群だった。足柄上郡大井町に体育館ができた時、母は一人で見に行って「中学生は弱かった」と言いながら帰って来た。どうやら中学生と卓球をして遊んできたようだった。この時、母は八十代で元気だった。「どこも痛くない」と言っていた。

シンクロ　夫婦の会話

日本はシンクロナイズド・スイミング・デュエット（三井梨紗子、乾友紀子組）で銅メダルを獲得した。

「足ピンとしている。足つるね」「そうだね」

「だれの足か、わからないね」「そうだね」

「足の開きが合わなかったので、減点だって」

「同調性というのですね」「私たち夫婦には、ないね」

「四位と、わずかな差ですね」「同調性は大切だね」。

レスリング　夫婦の会話

「ルールが、わからないわ」「髪の毛を、つかんだらいけないんだよ」

「外国の選手は、みんなつかむね」「だから注意を受けている」

「髪の毛、みんな長くしている。ベリーショートの人はいない。髪の毛引っ張って、振り回しちゃうよ」

「それはいけません。相撲も、髷《まげ》を持ったらルール違反です」

「そうだね。朝青龍が勝っても、髷に手がかかっていたので物言いがついて負けになった事があったね」「座布団が飛んだ」

「レスリングは、つかみ合いの喧嘩だよ。それをみんなで『ガンバレ日本！』と応援する。レスリングは、オリンピック種目から外していただきたい」

「今回、日本は柔道もレスリングもメダルを沢山取った。次は日本がメダルを取れないようなルールを作るかもね」「そうかな」

「四十八キロ級なら私もオリンピックに出場出来るわ」

「体重だけではダメだね。一秒で場外に放り出されて負けです」「そうだね」

「負けの速さで、ギネス世界記録認定だ」。

左手が肝心

小さかった娘たちを連れて、近所のボーリング場へ遊びに行った。若者が二人の子どもの手を引いた私を見て、「あんなになりたくないわね」と言っているのが聞えた。平凡な生活に幸せを感じていた私に、その言葉は強烈な印象を残した。しばらくすると、ボーリングは下火になり、廃虚と化したボーリング場は売りに出され、今は巨大なマーケットになっている。

派手な格好の姫路麗《ひめじうらら》というプロポーラーが出現し、今またボーリングがブームのようだ。テレビに出演して「左手でバランスをとる。左手が肝心」と言った。私は、「あれ、どこかで聞いた言葉だな」と思った。

娘が高校生の時、クラス対抗のスポーツ大会があった。娘は卓球出場に決まった。「一度もやったことがない。どうしよう」。家にある「しゃもじ」で父から「ラケット」の持ち方を教えてもらった。その時、「左手でバランスをとる。左手が肝心」と父が助言した。素振りを何度も繰り返し、スポーツ大会に行った。娘は大喜びで帰宅した。「私たちのチームが学年優勝だった」と。今度は、卓球の福原愛選手の左手に注目しよう。

みんなの体操

オリンピックを期に、何か運動をしよう。そうだ、朝六時二十五分からEテレで放送している

『みんなの体操』をすることにした。この放送は、土曜日も日曜日も祝日も三百六十五日、毎日ある。筋肉をほぐす運動が、ぎっくり腰に好いという。

十分間の間に『テレビ体操』と『ラジオ体操第一』または『ラジオ体操第二』をする。『ラジオ体操第一』と『ラジオ体操第二』を連続してやる時もある。

『ラジオ体操』は、小さい頃からやっていたのだが、おや？　なんだか違う。「振付が新しくなっているのですか」と夫が言った。違うのは、レオタードを着たモデルの女性がキビキビと元気がよい所だ。リズムよくテンポよく無駄がない。「胴体運動」などは、美しい踊りのようだ。挑戦するが、なかなか同じようにはいかない。「昔も、こんなだったっけ？」。暇な時に、台所で自主練習（自主練）をしている。ぎっくり腰になりそうだ。

　モデルの女性の中に原川愛さんがいる。目が大きくてかわいい。ラジオ体操の愛ちゃんだ。気に入っている。冬はレオタードでは寒そう。年の初めの放送では、全員で側転《そくてん》した。「決まった、すばらしい」。

　ピアノ演奏者は、名川太郎さん、幅《はば》しげみさん、加藤由美子さん。日替わりで演奏する。とてもうまい。決められた通りの機械のような演奏だ。ヨロヨロしたり、間違えて止まってしまったりしたら大変なことになる。一つもミスがない。名川太郎《ながわたろう》さんは、最初に名前をピアノで弾く。「♪タロウ」と聴こえるから、おもしろい。短調、ちょっと暗い性格なのでしょうか。

　体操の指導員も女性一人、男性二人、日替わりで行う。三人共、声も態度も清々しく好感が持てる。女性の指導員が繰り返し「力（りき）む」という言葉を使うので気になった。

平成二十八年十一月二十五日の十分間を記録してみた。この日は『テレビ体操』と『ラジオ体操第二』。

「力《りき》まずに、行《おこな》って行《い》きましょう」「運動中に息を止めてしまうと力みやすくなります」「力んでいないですか」「力みすぎずに呼吸を整えて」「力まずに、ぐるっと　まわして」「力まずに柔《やわら》かく」「力まずに軽快に行いましょう」、これでは気にならない方がおかしい。

翌日、二十六日（土）の中年男性指導員も「力《りき》む」という言葉を二回使った。「少し力みが入りますが、なだらかに」「ここは力まないように行いましょう」。一体、「力む」とは何か？　三省堂国語辞典によると、「力む」＝息をつめて、力をこめる。「顔を真っ赤にして力む」のように使う。私は、これからも「力まず」続けようと思っている。しっかり動くと、なかなかの運動量だ。腰痛が治った。

ところで、童謡『ぞうさん』を作曲した團伊玖磨《だんいくま》さんが、『ラジオ体操第二』を作曲したと知る人は少ない。團さんはＮＨＫ人間大学（一九九七年四月〜六月放送）『日本人と西洋音楽』のテキストの最後の回で、「音楽には何より暖かさが必要だと思っています。そして、その結果、私の書いた曲が喜ばれれば、それで私は満足です。もとより、だれが書いたかなどは問題ではありません。『花の街』も『ラジオ体操第二』も、その気持ちで書きました」と記していた。エッセイ『パイプのけむり』の著者。

おだわら体操

平成二十九年六月十一日、ＮＨＫテレビ『おはよう日本』を観ていると、「おだわら体操」が紹介された。

指導員が、「これはなんだかわかりますか？」と質問した。アナウンサーが、「くねくねしていますね。へびですか」と言った。「違います。メダカです」「メダカですか」「小田原は童謡『めだかの学校』の発祥の地なんですよ」「へー、知りませんでした」。

次に「これはなんだかわかりますか？」と質問した。アナウンサーが「パクパク、大きく口を開いてワニのようですね。小田原には、ワニがいるのですか」と言った。「いいえ、これは小田原提灯です」「へー、そうなんですか」。私は笑い転げた。

ピョンチャン　オリンピック

フィギュアスケート男子

平成三十年（二〇一八年）二月十七日、平昌（ピョンチャン）冬季オリンピックで、フィギュアスケートの男子で羽生《はにゅう》結弦選手が金メダル、宇野昌磨選手が銀メダルを獲得した。

羽生選手は、昨年十一月の右足首靭帯損傷《じんたいそんしょう》の怪我からの復帰戦で、「頑張った右足に感謝」だった。スケートリンクが、ファンから贈られた大好きな「プーさん」のぬいぐるみで埋まった。スタジオのインタビューでは、「自転車に乗れない」と意外な事を話した。

宇野選手は、団体戦でも高得点を出し、チームに貢献した。こつこつと積み重ねてきたものが花開いた。いつも一緒にいるのは弟。この兄弟はアメリカで育ったので英語が話せる。

田中刑事選手は、十八位だった。田中刑事選手の名前は本名。「刑事」は（けいじ）と読む。正義感の強い子に育ってほしいという思いを込めて名づけたそうです。

羽生選手の演技を日本中がテレビの前で見守り、感動の涙を流し安堵した。アナウンサーと解説者は「すばらしい」を連呼した。夫が「ほっとしたね」と言ったので、私も「そうだね」と言った。珍しく意見が合った。

藤井聡太さん六段に昇進

同じ日（平成三十年二月十七日）、将棋の最年少プロ、藤井聡太五段が朝日杯オープン戦で初優勝し、六段に昇進した。史上最年少で中学生では初めて。準決勝で羽生《はぶ》善治二冠（四十七歳）を、決勝で広瀬章人八段（三十一歳）を破った。藤井六段は十五歳六ヶ月。

二月十八日の読売新聞は、フィギュアスケートの羽生結弦選手の「羽生」には（はにゅう）と、将棋の羽生善治竜王の「羽生」には（はぶ）とルビがしてあった。同じ漢字だが、読み方が違う。

第９章　出会い

虹が出ると　みんな教えたがるよ
石垣りん

黒柳徹子さん

黒柳徹子さんほど、おもしろい人はいない。

「あたくしの母は、もう亡くなってしまったのですが、一度も夢になんか出て来ないんですのよ」。「死ぬ前に食べたいものがあるって申しまして、ご飯がわりに、おやつのスナック菓子を食べたいって言い出して、あたくしが、それならそれでいいんじゃないのと言ったら、ポテトチップスとかポップコーンとか食べていましたあれってパリパリ、ぼそぼそしますでしょ。甥っ子なんかが夢中で食べている」。死ぬ前に食べたいものがあるのだろうか。私は何にしようかな。

「あたくしは、五千円札を集める趣味があります。でも、全然集まらなくて。すぐ、両替したり、コンビニで使ってしまうから。外国でも女性の顔がお札になっているのは珍しいんでございますのよ。それが、日本で初めて樋口一葉さんが発売されて、嬉しかったものですから集めるようにしているんです」。

NHKテレビ『音楽の広場』の思い出

芥川也寸志さんは、NHKテレビの音楽番組『音楽の広場』で、七年に渡って黒柳徹子さんと組んで司会を担当した。記憶が定かでないのですが、二つ覚えていることがあります。

一つ目は、芥川也寸志さんがニコニコして黒柳徹子さんに言いました。「今日は黒柳さんに会っていただきたい人があります」「まあ、どなたかしら」、「男の方です」「親戚の人ですか、学校の時の人かしら」、「お名前が、全然違うけれど、似ています」、「名前ですか、あたくしが、よく存じている方でしょうか」「会った事はありません」

「では、今日のゲストの方に登場していただきましょう。お名前をどうぞ」「〇〇から来ました『白柳徹夫』と申します。いつも、テレビを拝見しております」「まあ、さようでございますか。こうしてお会いしてみると、はじめてお会いしたとは思えませんでございますね。これからも、お元気で」。収録スタジオは笑いの渦でした。芥川也寸志さんも笑っていました。楽しかったので覚えています。

二つ目は、ゲストにギターを抱えた声帯摸写の江戸家子猫さんが出演した回です。ギターの名曲、タレガ作曲の「アルハンブラ宮殿の想い出（アルハンブラの思い出）」を弾いたのです。トレモロの演奏がすばらしかったので覚えています。芥川さんも黒柳さんも絶賛でした。私はテレビに向かって拍手、拍手でした。

子猫さんは本名を岡田八郎といい、中学校の時の先輩です。服装委員会を　緒にしました。神経質そうに笑う所は、今テレビに出ている顔と変わりありません。最初の頃は、親子で出ていました。父親の江戸家猫八さんが言いました。「俺は、もうこいつに負けている。なんしろ若くてハンサムだからねえ」と。声帯模写も人を引き付ける話術も、うまくなっていきました。

その後、父親の三代目・江戸家猫八さんが亡くなり、子猫さんは四代目・江戸家猫八を襲名、活躍されましたが、平成二十八年三月二十一日に亡くなりました。享年六十六。遠く、近く、ウグイスが鳴いています。ウグイスの鳴きまねは、猫八さん子猫さん親子の十八番でした。

田部井淳子さん

平成二十八年十月二十日、世界最高峰エベレストの登頂に女性として世界で初めて成功した登山家の田部井淳子さんが腹膜癌で亡くなったという報道に衝撃を受けた。七十七歳だった。トレーニングを積み、女性で世界初の七大陸最高峰登頂も果たしている。

田部井さんが話された事を覚えている。「私は顔がまずいので、ひきこもりで人前に出られなかった。でも登山をするようになって自信がついて人と積極的に交流するようになったんですよ。人と関わる事は楽しい。登山で人生がかわりました」と。

福島県三春町生まれの田部井淳子さんは、東日本大震災後は、避難生活を送る人々を招いたハイキングを企画したり、東北の高校生と富士山頂を目指したりする活動に力を入れた。田部井さんは、みんなに囲まれ、いつも笑顔だった。

「息子と一緒に初めて登山をした時の事です。息子は張り切ってズンズン登ろうとして、すぐバテてしまいました。登山をする時は、右足を一歩出したら次に左足を一歩出すのです。一歩一歩進めばいい、登山を楽しんでください」と。

この二つの話は、私の心の支えになっている。本当に困った時、一歩ずつ進んで行くようにしている。童謡の会で話すと、「良い話を聞きました。ありがとうございました」と言って帰って行く人がいた。私の話をわかってくれる人もいる。

田部井さんは、平成十九年、胸のところの汗を脱脂綿で拭いていたら、シコリを自分で発見した。乳癌だった。さらに平成二十四年には、癌性腹膜炎と診断され抗癌剤治療をしていた。

今日は、おだやかな一日でした。秋の空には羊雲、紅葉の山々、赤い木の実が宝石のようです。もうすぐ野菊が咲きます。まだまだ登山を楽しみたかったでしょう。一度も会った事のない人ですが、人の死は悲しい。みんな順にいなくなってしまいます。

小錦八十吉さん

元大関小錦さんは、歌がうまい。現在は、Eテレ朝六時三十五分から放送される子ども向け教

姿で子どもたちからの人気も高い。
ではは相撲の決まり手を披露する、頼もしい。歌も歌う、いい声だ。「コニちゃん」は微笑ましい
育番組『にほんごであそぼ』に「コニちゃん」の名で出演している。「ちょちょいのちょい暗記」

ハワイのオアフ島西岸部のナナクリという町で、十人兄弟の九番目の子どもとして生まれ育った。比較的貧しい地域で、近所のグループ同士の喧嘩が絶えなかった。小学生の頃から、地元で盛んだったボクシングやアメリカンフットボールをやり、毎週日曜日は教会の聖歌隊で歌った。学校の授業ではハワイの伝統音楽やポリネシアンダンスも学んだ。音楽ライブなど現在の活動は、小さい頃から音楽に親しんできたことが理由の一つかもしれない。

勉強は算数が得意で、小学校の学内コンテストで二位になったことがある。高校一年生の時、地元の高校からホノルルのハワイ大学附属高校に転校した。米領サモアから転住して苦労した両親は、子どもに良い教育を受けさせたかった。アメフトチームは、リーグの優勝決定戦まで進んだ。また、学校のジャズバンドのフェスティバルで米国本土にも行った。卒業後は法律の勉強もしたいと思っていた。

生まれ育ったナナクリでは、貧しい環境の中で助け合いの風土がよかったけれど、みんなが似た環境で育ち、競争意識がなく、勉強やスポーツでやる気を高めるのは難しかった。

転校したハワイ大学附属高校には、家庭が裕福で、弁護士や医師を目指すような頭の良い生徒もいた。家庭環境などが全く違う生徒から刺激を受けた。広い世界に目を向けるきっかけになった。「高校時代の経験と、通わせてくれた両親に感謝しています」と言う。

◆小錦さんは、ハワイ出身の元関脇《せきわけ》・高見山にスカウトされた。昭和五十七年に初土俵、昭和六十二年に初の外国人大関に昇進。平成九年に引退。

綾戸智恵さん

綾戸智恵さんは、ジャズシンガー。私はテレビでピアノ演奏を聴くたびに、「この人は天才だ」と思う。

「まいどォ！」「何かやろうとするなら、すぐやるんや、人間は『なまもの』だから腐るでェ。明日、明後日はないんや！」。

関西弁でまくしたてるそのしゃべりは「えげつない」が、堂々と自信に満ちている。恥じるところがない。

「六十歳になった。ここからや、『私を見なさい』と言う人でありたい」。平然と言った。たくさんの苦労をしてきたので、もう怖い物がない。

◆「えげつない」が、三省堂国語辞典に掲載されていたので驚いた。〔関西などで〕①ろこつな言い方をして、いやらしい。②こまかな心づかいがたりない。

桂文枝さん

平成三十年六月十日、朝五時三十分からNHKテレビ『演芸』を観る。桂文枝の創作落語「赤とんぼ」をやっていた。

三番の「♪十五で、姐やは、嫁にゆき、」をとりあげて、「今は、十五で嫁には行きませんなあ、行ったら犯罪でっせ。法律で決められている」。客席から笑いが来た。

そのあとで、「今の世の中が乱れているのは、子どもたちが童謡を歌わないからです」と言った。客は「なるほど」と思い、話に引き込まれて行く。

続いて童謡や唱歌の最初の部分を延々と歌い続けた。

「♪はーるよこい　はーやくこい」「♪うーのはなーの　におうかきねに」「♪しーずかーなーしーずかな」「♪さーぎーりーきゆる　みーなとえの」「♪はーるがきた　はーるがきた」「♪わーれはうみのこ　しーらなみの」「♪だれかさんがだれかさんが　だれかさんが　みーつけた　ちいさいあきちいさいあき　ちいさいあき　みーつけた」「みーつけた」（客席から笑いが来た。「みーつけた」の歌い方が受けた。）「♪ゆーきやこんこ　あられやこんこ」……

「いつまでやってんねん」「時間が来るまでや」幕。

声がいいとか、歌がうまいとかではなく、聞いていて自然で、客を引き込む歌い方だった。春夏秋冬の歌、よくこれだけの数を覚えたか。名人芸に感動だった。

桂三枝（かつらさんし）から六代目・桂文枝（かつらぶんし）になった時、「新聞紙《しんぶんし》じゃあおまへんで、〈ぶんし〉でっせ」と挨拶した。私は、いっぺんで覚えた。自作については、後世に語り継がれることを前提としているため、「新作落語」（古典落語の対語）とは呼ばせず、敢えて「創作落語」と呼ぶ。

◆「赤トンボ」は、桂三枝の時に作った。『童謡や唱歌には、春には春の歌があり、夏には夏の歌がある。いい歌があるなあ。春夏秋冬《しゅんかしゅうとう》、四季それぞれに美しい』。「♪春は名のみの風の寒さや」「♪夏がくれば思い出す」「♪しずかな　しずかな　里の秋」「♪雪やこんこ霰やこんこ」「♪春の小川は、さらさら行くよ」「♪うの花のにおう垣根に」「♪秋の夕日に照る山紅葉」「♪木枯らしとだえて」「♪春よ来い　はやく来い」「♪うみは　ひろいな　おおきいな」「♪あれ、松虫が鳴いている」「♪もーいくつ　ねると、お正月」「♪春のうららの隅田川」……「（部長）どこまでやるんですか」。（童謡酒場「赤トンボ」にて）歌の部分は、話すたびに進化している。

かこさとしさん

平成三十年六月四日、十時二十五分からＮＨＫテレビ『プロフェッショナル　絵本作家かこさとし』を観る。

加古里子（かこさとし）さんは、『だるまちゃんとてんぐちゃん』『からすのパンやさん』など六百点以上の絵本を描いた。また、シリーズ『かこさとし　大自然のふしぎえほん』をはじめ、自然科学の専門知識を基に、楽しみながら科学に親しめる子ども向け科学絵本も多く手がけた。『かわ』『宇宙』など。

現在九十二歳、「お尻が痛い」と言い続けていた。これは職業病。長年座り続けて絵を描いていたからです。たくさんの絵本を作ったのに、助手の人が一人もいないのに驚いた。文も絵も全て自分でおこなう。細かい作業だ。

収録中、大変な事が起きた。『水の話』を編集者と一緒に出版の方向で検討した。編集者が手伝ってくれる人を紹介した。手伝ってくれる男性が描いた「水玉坊や」は、気に入らなかった。自分の絵の中に他人の絵が入った事が気に入らなかった。「ダメだね」。結局、長年温めていた『水の話』は出版しないことになった。企画から時間が経ち過ぎていた。家族にも編集者にも接する時は、いたって優しいが、作品の話になると頑固で厳しい。

『だるまちゃんとおとひめさま』の出版に期待したい。こちらは、ほぼ完成していた。玉手箱をキラキラな物に修正していた。絵を描いている時は楽しそう。そのかたわらには常に長女がいて、話し相手になっていた。献身的な見守りが印象に残りました。なかなかできることではありません。あたたかな家族愛から、おおらかなユーモラスな作品が生まれた。幅広い層に愛され続ける理由でしょう。

かこさんは、航空士官を目指していたけれど、近視のため戦争に行くことができず生き延びた。仲間は命を落とした。だから子どもたちに間違った選択をしてほしくないという思いがあり、子どもに何を伝えるべきか真剣に考えた。

かこさんの頑張りは、想像を絶する。他を寄せ付けないものがある。緑内障で視野が狭くなっても、最後まで描き続けた。

◆「かこさとし」さんは、福井県生まれ。東京大学工学部応用化学科を卒業後、化学会社研究所に勤めながら、紙芝居や幻灯《げんとう》などの作品を制作。『だるまちゃん』シリーズは累計約三百九十万部、『からすのパンやさん』は二百四十万部以上を発行している。平成三十年五月二日、藤沢市の自宅で亡くなった。享年九十二。

早川殿

小田原城に登った。昔あった家系図は、今は展示していなかった。天守閣から相模湾、双子山、小田原駅を見る。足がすくんで歩けない。私は高い所が苦手です。

受付で「早川殿《はやかわどの》と北條《ほうじょう》の関係を教えてください」と言った。学芸員が即答で「北條氏第三代目当主・北條氏康《うじやす》の娘です」「なるほど」。小田原の早川一帯は、北條氏康の領地だった。今でも小田原市早川という地名はある。

早川殿は、生年不詳。相模国《さがみのくに》の戦国大名・北條氏康の長女。甲斐の武田信玄・相模の北條氏康・駿河の今川義元のあいだで、甲相駿三国同盟（こう　そう　すん　さんごくどうめい）が結ばれ、その証《あかし》として早川殿が、駿河国《するがのくに》の今川氏真《うじざね》の正室として駿府《すんぷ》（駿河国府中の略）に赴《おもむ》いた。

北條五代は、初代「早雲」、二代「氏綱」、三代「氏康」、四代「氏政」、五代「氏直」。北條氏は、明応四年（一四九五年）、北條早雲が小田原城を奪取し、その後百年にわたって栄華を極めたが、天正十八年（一五九〇年）、豊臣秀吉の小田原攻めによって滅亡した。「みつうろこ（三角が三つ）」

の旗印は、どこの殿様の軍旗《ぐんき》より気に入っている。

源頼朝からいただいた名前

私が主宰する『童謡を歌う会真鶴』では、圧倒的に「青木（あおき）」という名前が多い。みんなが「青木様」です。平成二十九年六月二十九日、ＮＨＫテレビの人名探究バラエティー『日本人のおなまえっ！』で、真鶴には「青木」という名前が多い。それはなぜか？　を放送した。貴船神社の宮司さんによると、「頼朝を岩窟にかくまった時、近郊の人が「アオキ」を取って来て入口が見えないように隠した。それで頼朝から「青木」の名前をいただいたと伝えられている」との話でした。

テレビ番組のリポーターが岩窟を見て、「狭いですね。ここに七人も隠れていたのですか？」と訊いた。私も、「目の前の真鶴港から舟が出せるのに、なぜ岩海岸まで行って舟に乗ったのか？」が疑問です。湯河原にも同じ伝説がある。

平成三十年三月十五日、『日本人のおなまえっ！』で再び「源頼朝からいただいた名前」を放送した。「青木」の他に、敵が来ないか見張りをした人には、よく守ってくれたということで「御守（おんもり）」の名前を、五目御飯を作って食べさせてくれた人には、五つの味がしたということで「五味（ごみ）」を、頼朝からいただいたそうです。

◆『吾妻鏡』源頼朝伝説によると、治承《じしょう》四年（一一八〇年）八月二十三日、源氏再興《げんじさいこう》のため立ち上がった源頼朝が率いる伊豆・相模の兵三百は、平家方の大庭景親（おおばかげちか）の兵三千と相模国の石橋山（現・小田原市）で戦うが、圧倒的多数の大庭軍に敗れ、総崩れとなった（石橋山の合戦）。

◆「鵐窟（しとどのいわや）」八月二十八日、生き延びた源頼朝は、土肥次郎実平（どひのじろうさねひら）、実平の嫡男《ちゃくなん》・土肥遠平（どひのとおひら）、実平の弟・土屋三郎宗遠（つちやのさぶろうむねとお）、岡崎四郎義実（おかざきしろうよしざね）、安達藤九郎盛長（あだちのとうくろうもりなが）、新開次郎忠氏（しんかいのじろうただうじ）に守られて、命からがら真鶴の「鵐窟」に身をひそめる。この折、窟《いわや》の内から鵐（しとど）という鳥が舞い出たと伝えられる。かつては高さ二メートル、深さ十メートル以上の大きさがあり、波が打ち寄せる天然の岩窟《がんくつ》（岩穴）でした。

鈴木森七五三先生

中学校の数学の先生の名前は、「鈴木森七五三」といった。私はこの先生からマイナスの数を教えてもらった。「1」より小さい数。マイナス1、マイナス3、マイナス5、マイナス7……数学が楽しくて、大好きになった。計算問題には7、5、3の組み合わせが多く出題された。計算尺も教えてもらった。

ある日、突然別れが来た。「家庭の事情で学校をやめることになりました」と朝会でクールに挨拶され、ほっそりと背の高いメガネをかけた神経質そうな先生はいなくなった。私も中学校を卒業した。

今日、ＮＨＫテレビ『日本人のおなまえっ！』で、「さて、『七五三』これは何と読むでしょうか？」という問題が出た。ゲストが「クイズ番組のようだねえ」と言い、だれもわからなかった。私は「これは簡単、（しめ）だよ」と思った。「正解」。

数学の先生の名前だ。先生の名前は、『すずき　もりしめ』といった。番組の説明では、「七・五・三」は（しめ）と読む、しめ縄《なわ》の（しめ）。昔は、一本の縄に白い紙で細長く切って作った「しめ飾り（しで）」を七本・五本・三本束ねて吊るしたのだそうです。神社などで見かけるあれです。すると、数学の先生の家は神社だったのだろうか。宮司さんの父親が亡くなり、後を継がれたのでしょうか。「宮の杜（森）」に「しめ縄の（七五三）」＝「鈴木森七五三」様。ありそうです。家は関西方面だと聞いています。お元気でしょうか。

渥美清さん

笑いと涙の映画『男はつらいよ』は、第一作が一番よくできている。「寅さん」を演じた渥美清さんは、俳号「風天」として、句会にも参加していた。その俳句がすばらしい。

池田小百合選　『渥美清のうた「風天（フーテン）」』より

・花びらの出て又入るや鯉の口
・あと少しなのに本閉じる花冷え
・さくら幸せにナッテオクレヨ寅次郎
・蝶々や空のリボンとなりにけり
・月ふんで三番目まで歌う帰り道
・ひばり突き刺さるように麦のなか
・背のびして大声あげて虹を呼ぶ
・赤とんぼじっとしたまま明日どうする
・コスモスひょろりふたおやもういない
・霜ふんでマスクの中で唄うたう

『男はつらいよ』（主演：渥美清）第三十九作「寅次郎物語」で、勉強と恋に悩む甥《おい》の満男（演：吉岡秀隆）が寅さんに尋ねる。「人間は何のために生きているのかな」。寅さんは「難しい事を聞くなぁ、おまえは」と一瞬戸惑うが、「生まれて来て良かった、そう思うことが何べんかあるだろう。そのために生きてんじゃぁねえのか」。

私は、「生まれて来て良かったと思うことは一度もない」と考えてから、突然、台所にいる夫にむかって「私と結婚してくれてありがとう」と言ってみた。すると夫は「僕も感謝しています」と言った。それは遺言のようだった。

第10章　夫婦の会話

何となく、
今年はよい事あるごとし。
元日の朝晴れて風無し。
石川啄木

「鳥居《とりい》」夫婦の会話

『まっ赤な秋』という歌に鳥居がでてくる。♪お宮の鳥居を　くぐりぬけ……

「鳥居がほしいわ」「ほしくない」

「鳥居を買いましょうよ」「買いません」

「赤がいいかしら、白がいいかしら」「どちらもいりません」

「赤だったら楽しいかも」「楽しくない」

「京都で見た平安神宮の朱色の大鳥居がいい」「あれが倒れて来たら死ぬ」

「NHKテレビ『所さんの大変ですよ！』で、水道管で安く作れると言っていたわ。個人の注文も増えているそうよ。一つ作ってもらいましょう」「必要なし」。

「つうかあ」　夫婦の会話

春一番がふいた。「わーおん　わーおん」と、のら猫が鳴きながら家の周りを巡っている。

「今度の猫は『ダンシ』と名付けたのよ」。すると高校の生物の教師をしていた夫が、「春ですねえ」と言った。「つう」と言えば「かあ」の時もある。めったにないので感動した。

「白いムラサキツユクサ」　夫婦の会話

「白いムラサキツユクサが咲いたわ。白はとても珍しいのよ」

「午前咲いて、午後つぼんでしまうから、午後は花を見ることができない」

「白くてもムラサキツユクサとはこれいかに」

「おしべが紫色だからさ」「本当だ、知らなかった」

「ところで、高校の顕微鏡の実験で、ムラサキツユクサを使うからお寺にもらいに行った事があったでしょう、お寺の庭師のおじさんが、『トラックで来い。いくらでもやるよ』と言ったのよ。

おかしいでしょう。自転車のカゴに、二〜三株もらって来て、家に植えたのは育っているわ。これがそうよ」

「学校へ持って行ったのは、すぐ枯れた。日かげに植えたからでしょうか」

「エッ、ムラサキツユクサを枯らしてしまったの」。

「オリンピック出場」夫婦の会話

「オリンピックに自転車で出たいわ」「ありえない」

「それが、あるのよ」「ない」

「いつだったか、ある夏の昼下がり、ウチにだれもいなくて暇だったからテレビをつけたらオリンピックをやっていたの。いつのオリンピックかハッキリしない。各国の三十人ぐらいの選手が自転車で何周かして、最終ゴール手前の坂に来た。先頭の選手が金メダルと思いきや、なんと転倒した。後続の選手が巻き込まれて、みんな転倒した。それで、どうなったと思う」「さあね」

「後ろから二番だった選手が一位になり金メダルだったのよ。ラストの選手は銀メダル。あとは転んだ選手が起き上がり団子状態でかけぬけた。だから、私も二十インチの自転車で出てみようかと思っているのよ。夢は叶うかしら。この話は、まだ、だれにもしていない」「変な事を、よく覚えている人ですね。童謡の会で話さない方がいいですよ」「そうだね」。

「昔の遊び」　夫婦の会話

「ソソソソと鳴いたのは何かしら?」「さあね、聴こえませんねえ」

「ほら、今、ソソソソって鳴いたでしょう。オケラかしら」

「オケラは鳴きません」

「昔、オケラを捕まえて、『おまえのかあちゃんのオッパイどれくらい大きい』と訊くと、手というか、触角というか足かで、これくらいって示す遊びをしたよ。オケラだったか、コメつきバッタか、バッタじゃあなくて、コメつき虫かな、胸の所から折れてカックンって音がするの」

「訳のわからない話ですね。でも、おもしろそうな遊びですね」

「昔、やったでしょう?」

「僕は小さい頃から虚弱体質で家にいて、外遊びはあまりしなかった。引きこもりでした」

「引きこもり?　本ばかり読んでいたのでしょう」

「アパートの子どもたちと缶けりをした思い出がある」「それって普通だよ」。

……

「夏休み、ラジオ体操が神社の境内であって、始まる前に地蜘蛛《じぐも》を地面から引き出して並べ、だれが一番長いのを引き出したか比べたりしたよ」

「その話は何度も聞いた」

「みんな夢中になって競った。息を殺して引いても、ほとんど途中で切れてしまい、切れた子は悔しがった。『もう一回、もう一回！』と言い、その悔しがり方がすごかった」「楽しそうだね」

「三十センチぐらい太いのもあった」「そんなに長い地蜘蛛はいません」

「子どもだったから長く見えたんだね」「記憶のなかで膨らむ」

「何本も地蜘蛛の袋が並んだ。地蜘蛛にとっては、迷惑な子どもたちだったね」

「地蜘蛛で遊んだ子は、きっと地蜘蛛の事を覚えているよ」「そうだね」。

「中原中也」夫婦の会話

「中原中也の詩に『汚れつちまつた悲しみに』というのがあるでしょう」

「今日も小雪の降りかかる」

「汚れつちまった悲しみ　とは、いったい何かしら」

「さあねえ」

〈汚れつちまった悲しみは　なにのぞむなくねがふなく〉

「こんな言葉を思いついた中也は天才だわ」

〈汚れつちまった悲しみに　なすところもなく日は暮れる……〉

「Eテレの朝の子ども番組『にほんごであそぼ』で、歌って踊るのよ。なぜ、子ども番組でとりあげているのでしょうか」

「……」。夫はもう寝ていた。

深い悲しみの歌なのに、何度も聴いていると歌いたくなる踊りたくなる、楽しくなる。中也と歌い踊る、楽しい。

〈汚れつちまつた悲しみに　今日も風さへ吹きすぎる。〉

◆平成二十八年のノーベル文学賞は、ボブ・ディランが受賞した。その人生は自由で悲しい。湧き上がる言葉は、だれにも理解されない。理解されたくない。子どものような、わがままの塊《かたまり》の男ボブ・ディランは、中原中也のようだ。

「ほしいもの」夫婦の会話

「ヤギ」がほしい

「ヤギを買いましょうよ」「何にするんだい」

「草を食べてもらうのよ。そうすれば、草刈りに年末に出費しなくてすむわ。先日、松田の高校の裏手の草原に、やせたヤギが放牧されていて、草を食べていたのよ。これはいいわ、と思ったの。いかが」「買いません」。

「小さい頃、家で飼っていたのよ。よぼよぼの年老いたヤギのチチは、非常にまずかった」

「臭かっただろう。ヤギは飼いません。死んだ時、かわいそうだ」「そうだね」。

ヤギのチチは体にいいと言われているので、父と母は、健康維持のため飼っていたのでしょう。

私が幼稚園に入学する頃には、もういなかった。

「核シェルター」がほしい

「核シェルターを造りましょうよ」「いりません」

「北朝鮮の新型中距離弾道ミサイル「北斗星2」の発射とか核実験といった不測《ふそく》の事態にそなえるのよ」「必要ありません」

「いつ、お魚を釣っているユリ坊の頭の上に落ちるかわからないよ」。

平成二十九年五月二十日、夜九時からNHKスペシャル『北朝鮮』という番組で、「北朝鮮は核弾道ミサイルの攻撃能力を高めている」「ICBMの完成間近か」「これを撃ち落とすことはきわめて困難」と言っていた。

「相撲なんか、のん気に観ていていいの。 拉致問題が頓挫してしまった。困ったものです」

「そうだね」。

「北條五代祭り」　夫婦の会話

美容室で、「今年（平成二十九年五月三日）の北條五代祭り、盛大でしたね。年々大きくなりますね。私はテレビで観ましたよ。高嶋政伸君も来てくれて、よかったですね」「お祭りが通るこの辺のお店は、閉めてしまうんですよ」「NHK大河ドラマの政伸君の演技、上手でしたね」「そうなんですか」。あれ、美容師さんは、『真田丸』を観ていなかった。とても面白かったのに見逃したとは残念だった。

帰宅して、早速夫に話した。「政仲君の演技、上手でしたねと言ったら、美容師さん、観ていなかったのよ」すると夫が思いがけない事を言い出した。

「あの演技は、うまくない」「エッ、あなたも『真田丸』を観ていなかったの?」「時々観ていた」「白目をむき出しにしたり、食べ物のシーンでは食べ方を工夫していたし、顔の白塗りもよかった。今まで四代氏政《うじまさ》役をやった役者さんの中では、一番よかったわ。『うまい』と言わないのなら、何と言えばいいの」「そりゃあ、ひいきの引き倒しですね」。

「社会貢献」 夫婦の会話

「小学生の頃、道路愛護というのがあって、ゴミを拾ったり、ホウキで掃いたり、穴のあいた所に土や石を入れて修復したりしたのよ。山形ではなかったの?」「さあね」

「この道路愛護の最後の日、ラジオが来て、アナウンサーがマイクを向けたの。私たちは逃げたのに、六年生の男子が「中学生になっても、手伝える時は参加したい」と、堂々と答えていて立派だったのを覚えているわ。あの子は今頃どうしているだろうか」「その子は、すばらしい」

「それを思い出して、新聞受けに新聞を取りに行くついでに、毎日私が道路を掃いているのを知っていますか」「知らない」

「山形のお父さんが言っている社会貢献よ」「それはいいですね」

「でも、掃いたとたんに犬を連れた女がタバコを捨てて通るのよ。きれいになったばかりの道に、タバコのポイ捨ては、きっと気分がいいでしょうね」「ひどい話だ」。

「歯科医院」　夫婦の会話

「虫歯と思っていた黒い所は茶渋という事で磨いてもらった、よかった。ところで、あなたは歯科検診に行かないの、葉書が来るでしょ」「来たけれど、行きません」

「どうして、せっかく葉書を書いてくれるのに。葉書を持って行くと歯ブラシがもらえるのよ」

「葉書は受付の人が書いてくれているのを知っています。でも行きません」

「歯医者が恐いの」「ガリガリやられて痛い。磨くだけでも痛い。子どもは泣いて暴れることができるけど、大人はそうはいきません」

「あたりまえでしょ。痛いのがいやなの？」「そうです」

「私が小さい頃、暴れるので、母が『診察イスの肘《ひじ》掛《か》けに力を入れてつかまっていれば、痛いのが我慢できる』と教えてくれたわ」「今は、診察台には肘掛けがありません」「そういえば、ないね」

「ゆり坊が付き添って行ってあげるよ。ミギー（寄生獣）も一緒に行くよ。ジバニャン（妖怪ウオッチ）も呼ぼうか」「それって、みんな妖怪ですね。弱そう」

「ジバニャンは大好物のチョコボーを買ってあげれば来てくれるよ。チョコボーはスティック状のチョコスナック菓子だよ。ジバニャンは、楽しい時も悲しい時も苦しい時もチョコボーを食べている。サクサクした触感が美味しい」

「虫歯が多そうだね。ゆり坊は、出産の時、歯がボロボロになったね」

「子どもに栄養を取られ、カルシューム不足。みんなで行けば恐くないヨ。行きましょうよ」

「行きません」。

「字幕スーパーの間違い」　夫婦の会話

「字幕スーパーの間違いが多いわ」「そうだね」

「なぜかしら？　好きなアナウンサーが、読み間違えたわけではないのに、字幕の漢字の間違いを謝ってばかりいるわ」

「きっと能力のない、だれも文句を言えないような偉い人がやっているのさ」。

「前人未到」の間違い

平成二十九年六月二十六日の将棋のテレビ中継を、日本中が「勝利はまだか、まだか」と見守った。最年少中学生棋士・藤井聡太四段（十四歳）対増田康宏四段（十九歳）。午前十時に対局が始まり、午後九時二十四分、藤井四段が九十一手で勝って公式戦の新記録となる二十九連勝を達成した。

藤井四段は、愛知県瀬戸市出身。名古屋大学教育学部附属中学校三年在学。昭和六十二年、神谷広志八段（五十六歳）が樹立した二十八連勝を三十年ぶりに塗り替えた。歴代一位記録保持者になった。

翌日のＮＨＫテレビ『おはよう日本』で、女性アナウンサーが、自分が原稿を読み間違えたわけではないのに、「昨日の藤井四段のニュースの中で、字幕が間違っていました。×「前人未踏」は、○「前人未到」でした。訂正してお詫びします」と、あやまった。

神奈川新聞は、六月二十七日の新聞一面で、「二十八連勝は将棋界で「不滅」の大記録とされてきた。社会現象にもなり、快心撃を続ける中学生棋士が、プロデビューからわずか半年余りで前人未到の偉業を成し遂げた」と書いた。

しかし、大見出しが『未踏29連勝金字塔』と間違っていた。あきらかに文と、大見出しを書いた人が違うことがわかる。テレビの字幕担当者と同じように新聞も大見出しだけを担当している人がいるようだ。これは、いけなかった。神奈川新聞、痛恨のミス。二十八日の新聞では訂正とお詫びの記事はなかった。

◆「未到（みとう）」＝業績・記録。まだ行きつかないこと。前人未到の境地。
「未踏（みとう）」＝土地。人がまだ足をふみ入れていないこと。人跡未踏の奥地。

「声楽」の間違い

平成三十年六月九日、神奈川新聞で横浜市の六十一歳の女性の投書『オペラ発表会に拍手喝采』

に間違いを発見。「オペラの声学発表会がありました。」と書いてある。×「声学」は間違いで、○「声楽」が正しい。投書欄は新聞社の編集が目を通して、内容や誤字のチェックをしている。書いた人も編集者も、日常生活に音楽が無いのかもしれない。私は、音楽は教養と思っている。

「短い」の間違い

平成二十九年六月二十七日、NHKテレビ『ニュース7』を観ていると、女性のアナウンサーが、「先ほどのニュースの中で、字幕が間違っていました。×「短かい」は、○「短い」でした。訂正してお詫びします」と、あやまった。私は、またかと思った。子どもも観ている。知っている。いったい何のニュースだったのでしょう。

気になるので新聞を調べた。『北方領調査始まる』「官民六十九人水産加工場など視察」のニュースがあった。準備していた元住民の墓参はどうなったのだろう。墓参については、神奈川新聞にも読売新聞にも書いてなかった。

「北方領土返還」は、昔からの日本の悲願だった。プーチン大統領は「国後島《くなしり》」「択捉島《えとろふ》」「色丹島《しこたん》」の返還を考えてもいいと言った時期もあったが、北朝鮮・韓国・中国の情勢の変化にともない最近では、北方領土を返還すれば米軍が駐留する可能性への懸念を繰り返し示している。

私は、沖縄に米軍基地があるかぎり、北方領土返還は無いと思っている。「高齢になっている元住民に、短い滞在でも渡航許可をお願いしたい」。

「加熱」の間違い

平成二十九年七月十三日、『ニュース7』を観ていると、女性のアナウンサーが、「字幕が間違っていました。×「過熱」は、○「加熱」でした。訂正してお詫びします」と、あやまった。

私「何のニュースかしら」。夫「さあね」。

九州北部豪雨被害から十二日で一週間となった。福岡、大分両県で住民の孤立状態は全て解消されたものの、千三百人以上が避難所に身を寄せている。食中毒を避けるため、ボランティアにより加熱した食品（野菜炒め、ラーメン、唐揚げ）がふるまわれている。

うっかりミス

『おはよう日本』『ニュース7』での訂正。

×「名古屋市中央区」、○「名古屋市中区」。うっかり間違えたのでしょう。同じような、うっかりミスが多い。

×「3分2」、○「3分の2」。

×「経財界」、○「経済界」。

×「下降気温」、○「下降気流」。

×「ゲージ」、○「ケージ」。

×「協調」＝力・心を合わせて事にあたる。「協調性を欠く」。

○「強調」＝調子を強める。強い主張。「重要性を強調する」。意味が全然違ってきます。

×「危険障害運転」、○「危険傷害運転」。これは特にひどいミスです。

×「発煙筒」＝煙だけ出すもの、○「発炎筒」＝煙と火を出すもの。交通事故が多発している。『先ほどのニュースの中で、×「和菓子」とお伝えしましたが、○「和紙」の間違いでした』。「和菓子」と「和紙」では、全然違うものです。

×「いまさらてんき」、○「今空天気」。正しくは「いまそらてんき」です。うっかり、ありそうなミスです。

アナウンサー泣かせ

平成二十九年九月十八日、台風十八号は、宗谷海峡へ抜け、温帯低気圧に変わった。『ニュース7』の女性アナウンサーが、「先ほどのニュースで、（おじか）半島と読みましたが、（おが）半島の間違いでした」と言った。私は「そうか、牡鹿半島ではなく、男鹿半島か」と思ったが、五分もしないうちに、今度は「（おが）半島は（おしま）半島の間違いでした」と言った。三回目の渡島（おしま）半島が正しかった。私は、「こんな事もあるのか」と思った。渡島半島は読み方が難しい。北海道の地名は難しいものが多い。

「タガメ」　夫婦の会話

「タガメって知っている?」「タガメ、ミズカマキリ、水生昆虫ですね」

「タガメが空を飛ぶって知ってる？」「羽根があるから飛べます。東名高速ができた時、東名の明かりに飛んで来て、みんな死んでしまい、一挙に絶滅するくらいにまで減った。同じ原理で、誘蛾灯《ゆうがとう》にも集まって来ていた。今は、殺虫剤があるから誘蛾灯は使われていない。殺虫剤により田んぼの水生昆虫は絶滅寸前です」「やけに詳しいね」

「タガメを食べるって知っている？」「タガメは、カメムシの仲間なので香りがある。東南アジアの方では食べられています」。

「タガメ」　空を飛ぶ

平成二十九年六月二十五日、NHKテレビ『ダーウィンが来た』を観る。「タガメ」の特集だ。小さい頃から田舎で育った私は、田んぼでいくらでもタガメを観たので知っている。

羽根のあるダチョウは空を飛べないが、放送ではタガメが空を飛んだ。夜、野球場などの明かりを求めて飛んで来る。「エッ、タガメが空を飛ぶの？」私は驚いた。

タガメは、ヘビ、カエル、ドジョウを食べる。カメも威嚇《いかく》する。東南アジアではタガメを食べる。香りが良いという事で、お酒やアイスクリームの香りづけに使われる。

オスがタマゴの世話をする。オスは必死でタマゴを乾燥から守る。稲田から水を引く時期、タガメたちは田んぼの隣りを流れる小川に避難して生きのびる。この小川がコンクリートになってしまうと、タガメは絶滅してしまう。すでに「メダカ」が絶滅寸前だ。

「ヘリコプター」夫婦の会話

「ヘリコプターが一日中飛んでいるね。何かしら?」「さあね」「早朝から、日中はもちろん、夜中も飛んでいるわ」「そうですか」。

平成三十年四月一日の神奈川新聞によると、「米厚木基地から岩国基地への米空母艦搭載機約六十機の移駐計画で、防衛省南関東防衛局は三十一日、全ての航空機部隊の移駐が三十日に完了したことを関係自治体に伝えた。移駐は昨年から段階的に進み、最後はＦＡ戦闘攻撃機二部隊（二十四機程度）で、三月二十六日に一機、二十八日は八機、三十日に四機が岩国基地に到着した。これは米軍側からの発表で、防衛局は岩国基地における機数の状況は確認できていないとした」。「なるほど、そうだったのか」。防衛局が岩国基地における機数の状況を確認していないとは、のん気なものです。

「駄洒落《だじゃれ》」夫婦の会話

「紅葉《もみじ》」の駄洒落

平成二十八年十二月十一日、朝の天気予報を観ていると、天気予報士の南さんが、「紅葉は、今日がラストなので、みんなで観に行こうよう」と言った。男性のアナウンサーも、女性のアナウンサーも言葉が出なかった。スタジオが一瞬シーンとなった。私は手をたたいて喜んだ。

早速、夫に話した。「ねえねえ、南さんが……と言ったのよ。おもしろいでしょう」「アナウンサーは、何か言わなければいけなかったのですか」と夫は真面目に言った。「エッ、そっち？」駄洒落は通じていなかった。

さらに、午後からの童謡の会でも話した。「今朝、天気予報士の南さんが……と言ったんですよ」と。しかし、すぐ笑った人もあったが、笑わない人も半数以上いた。「紅葉（こうよう）」と「行（い）こうよう」の説明をしても、まだ理解できない人がいた。駄洒落は、それほど難しく考えなくていいです。「紅葉の駄洒落は気楽に行こうよう」。

「水仙」の駄洒落

平成二十八年十二月二十五日、朝の天気予報を観ていると、南さんが、「寒くなり、水仙が咲き始めました。今日は水仙（すいせん）を見に行きましょう。推薦（すいせん）します」と言った。南さん得意の駄洒落だ。「決まったね」私は拍手した。スタジオは一瞬シーンとなり、男性のアナウンサーが「今日は寒いですね」と言った。

「ツクシ」の駄洒落

平成二十九年二月二十六日、南さんが自分で撮影したツクシの写真を見せて、「もう出ていました。かわいいですね。筆舌に絶えないなんてね」と紹介した。男のアナウンサーが「春も遠退く寒さでした」と天気予報をまとめた。

◆「筆舌に尽くせない」は、文章や言葉にはあらわしきれないという意味です。

「新緑」の駄洒落

平成二十九年五月四日（みどりの日）の天気予報

南さん「この写真は私が撮って来たカエデです。今は緑色です」
アナウンサー「いろいろな緑色がありますね」
南さん「濃いのもあれば薄い緑もあります。よりどりみどりです」
アナウンサー「御後《おあと》がよろしいようで」。

「カキ」の駄洒落

平成二十九年九月二十四日の天気予報

南さん「アナウンサーお二人に秋を感じる写真を撮って来てもらいました」
女性のアナウンサー「家の近くで咲いていた彼岸花です」
南さん「これが咲くと秋を感じますね」
男性のアナウンサー「僕は柿《かき》の写真です。食欲の秋です」
南さん「柿が色づいて来ると夏季《かき》終了《しゅうりょう》ですね」。

天気予報の裏側《うらがわ》に感動

平成二十九年六月二十一日、夜八時十五分から『探検バクモン』ゲストは気象予報士の南利幸さん、司会は、爆笑問題の太田光さんと田中裕二さん。出演は、サヘル・ローズさん。いざ「気象庁」へ、天気予報の裏側に迫った。

最新技術の裏側で予報を支える、予報官たちのスゴ技を目撃。明治時代から記録されている天気図からは、歴史の意外な事実が浮かび上がった。

「二・二六事件」があった昭和十一年二月二十六日は、雪が降っていなかった。歴史ドラマでは、雪が降っていた事になっている。再現ドラマでも、庭に出た松尾伝蔵（内閣総理大臣秘書官事務取扱私設秘書・予備陸軍歩兵大佐）が、雪の降りしきる中、銃弾を浴びて亡くなるシーンがあった。松尾大佐は岡田啓介首相とあまりにも容貌が似ていたことから、襲撃部隊は彼を総理と誤認し、目的を果たしたと思いこんだ。松尾大佐は「岡田総理か?」と訊かれ、「そうだ」と返答していた。雪は、前日降ったが、当日は降っていなかった。残っているビデオからも、若き将校たちの行進中には雪が降っていないことが確認できる。天気図が物語る、歴史の真実が見える。

大正十二年九月一日の「関東大震災」で、焼死が多かったのは、日本海沿岸を北上する台風に吹き込む強風が関東地方に吹き込み、木造住宅が密集していた当時の東京市等で火災が広範囲に発生したためである。大勢の人が逃げまどい亡くなった。天気図が物語っている。台風が真上にあったら雨が消火につながったかもしれない。

昭和十六年十二月八日、「太平洋戦争」が始まると、一般の人には天気予報が知らされなかった。天気予報は軍事秘密となった。台風が知らされなかったため、避難できなかった九州・四国地方の人々は千人以上が亡くなった。知っていれば非難し、犠牲者は少なかったことはあきらか。放送は、「天気予報は生活に必要な物です。天気予報が放送されないような世の中に二度としてはいけない」とまとめた。感動の天気予報の裏側ワンダーランドだった。このまとめ方は、爆笑問題の太田さんの考えが反映されているようだ。太田さんは、「すげー」「やべー」「でけー」という言葉の連発、田中さんを「てめー」「このやろう」「ばかやろう」と言って殴るのはやめていただきたい。放送中に南さんの「ツクシの駄洒落」が紹介された。この駄洒落は、私もすばらしいと思った。

感動を、翌日（六月二十二日）の「童謡を歌う会真鶴」で話した。みんなが静かに私の話を聞いてくれて、嬉しい童謡の会になりました。この日の天気予報は、一日中降水確率ゼロパーセントでした。「童謡を歌う会真鶴」は、毎回雨なので珍しい事でした。

「没イチ」の生き方

配偶者を亡くし単身となった人たちが自らを「没イチ」と呼ぶ動きが広がっている。死別の悲しみから一歩踏み出し、新たな生き方を切り開いて行こうというのだ。「おひとりさま専用旅」や「高齢者専門の結婚相談」など没イチを意識したビジネス参入も拡大している。平均寿命が延び、人生百年とも言われる今、どのように生きて行けばよいか（ＮＨＫクローズアップ現代＋『おひとりさま上等　没イチという生き方』平成二十九年六月十三日午後十時から）。ゲストは日本対がん協会・会長の垣添忠生《かきぞえただお》さん。

アナウンサー「十年前、奥様を癌で亡くし、その体験を著書にもまとめられている、医師の垣添忠生さん。垣添さんは、奥様の死というものをどういうふうに乗り越えてこられたんですか」

垣添さん「私は四十年間結婚していて、子どもはいませんでした。妻の余命が三ヶ月というのを知った時、覚悟はしていましたけど、実際に亡くなってみると、もう対話ができないということで、本当につらい、死ねないから生きているというような、そんなつらい日々を送りましたよ。特に最初の三ヶ月は、ひたすら酒に溺れて、それから家にいると涙に暮れるというような状態でしたが、一年がかりでだんだんと体を鍛《きた》えたり、全く新しいことをして立ち直るというようなことをやってきました」。

アナウンサー「それは自然と、そういう力は時とともに出てきたのですか」

垣添さん「私は一人で立ち直ろうと思っていましたので、いわゆる自分でグリーフワークというのをやった」

アナウンサー「グリーフワークとは何ですか」

垣添さん「自ら悲しみに向き合って、それに立ち向かうということでしょうか」。

垣添さん　「ＶＴＲに結婚相談・再婚がありましたけれども、私は再婚する気持ちはないんですね。妻の思い出が深く心に根ざしてますから。ただ、もし再婚されるとしたら、やっぱり相手に何かを求めるというような功利的な考え方は捨てるべきだと思いますね。つまり、料理をしてもらうだとか、あるいは自分の最期をみとってもらうとか、そういうことは考えられないほうが、いいんじゃないかなと思います。私自身は、長く癌と関わってきましたから、癌の患者さんや家族、あるいはサバイバーを支援するような、そういう社会貢献をずっと続けていきたい、生きているかぎり、そうやって生きたいと思います。長く生きる過程をご自分の楽しみだけではなくて、やっぱり社会とのつながりでの観点からも捉《とら》えていただきたいというふうに思います」と。

医師としての、おだやかな発言に、私はますます垣添さんを尊敬した。私も歌のボランティアで社会貢献をして行きたい。さわやかに歌って、ほがらかに生きて行きたい。

◆平成十九年四月、国立がんセンター名誉総長になった、垣添忠生も妻を癌で亡くした。「妻の症状は、つるべ落としのように悪化していき、十二月に入るとベッドから起き上がることもできなくなりました。……年の瀬が迫るにつれ、街は華やかさを増します。夜、病院から独り帰宅するたび、世の中の人がみんな幸福そうに見え、正直とてもつらかったですね。……私は癌の専門医であるのに、ただ脇で見守るだけでした」。妻・昭子さんは享年七十八でした（平成二十三年五月十六日　読売新聞『時代の証言者　がんと人生』より）。

夫は素数

「旦那さんは蜘蛛の研究をされているそうですね。どんな人か会ってみたいですね」。私が「素数（そすう）のような人ですよ」と言うと、相手は「素数？」と不思議そうな顔になり考え込んでしまった。私は、謎かけだから、そう難しく考えないでいいですと思った。

「夫とかけて、なんとトク」「素数のような人とトク」「その心は？」「どちらも割り切れない」。素数は、一およびその数以外の数では割り切れない整数。例、二・三・五・七・十九など。あつかいにくい数です。

夫は神経質で細かい人なのか、ぼんやりしていて本当に何も覚えていない人なのか、よくわからない。私の冗談にも、まともに付き合う。あつかいにくい人です。

「散歩」の仰天

ある日、夫を気軽に誘った。「今日は、秋晴れだから御一緒に散歩をするというのは、どうかしら。よく、前を旦那さんが歩いて、後ろに奥さんがついて歩いている御夫婦がいるでしょう。なかなか、いいと思うわ。御一緒に散歩をしましょうよ」。

すると、「いやだね。退職して家で一緒に暮らしている夫婦が、散歩の時も一緒だなんて、気がしれない。御一緒だなんて、お断りだよ」。私は耳を疑った。そして唖然となり、言葉を失った。深い意味はないようで、それが何より証拠には、夫は自分で言った事を、すぐに忘れた。夕方になると、「ご飯の支度は、まだですか」と言いに来た。

心がけていること

誠意をつくすことを心がけている

私は心がけていることがある。「失敗したら誠意をつくす」ということです。失敗をしない人間はいない。失敗をしてしまったら、誠意をつくして一生懸命やり直すのです。しかし、実際には、どんなに誠意をつくしても、失敗は取り返しがつかない。失われた時間は取り戻せない。逆回転はない。人は皆、負の感情を貯《た》め込んで生きて行く。

新美南吉の童話『ごんぎつね』が、それを物語っている。「ごん、いたずらをして悪かったと反省して、それからは一生懸命生きたのにね」。ごんは、フフフと笑ってから小さくうなずいて息をしなくなった。死骸の上には青い空が広がっていた。だれもが、すぐに「ごん」の事を忘れた。小さい一生だった。

同じ生活をすることを心がけている

童謡の会員から「いつも同じ生活をしています」と教えてもらった。「なるほど」。それで、毎日同じ生活をするように心がけている。簡単なようだが意志が強くないとできない。朝六時・起床、昼十二時・昼食、夜七時・夕食。今日のニュースをチェック、深夜二十三時五十五分、Eテレ『２３５５』を観てから風呂に入って寝る。

腕時計をして生活している。教員をしていた父も母も亡くなるまで腕時計をして生活をしていた。満九十五歳の二人の誕生日に腕時計をプレゼントすると大喜びしてくれたのを覚えている。

新聞を読むことを心がけている

朝六時、「うがい」をしてから新聞を門の所にある新聞受けに取りに行く。朝五時半には配達されている。冬は真っ暗だ。ゴミ集積場の古紙回収日に新聞紙を出すのは我が家だけです。簡単に道路の清掃もする。タバコが必ず一本落ちている。

昔は四社の新聞を取っていたが、今は「神奈川新聞」と「読売新聞」を取っている。読み比べると、同じ事件でも、各紙取り上げ方が違う。約三十分かけて新聞を読む。「読む力のない人は、書く力もない」と思っている。タブレット端末などでも新聞は読めるが、新聞は紙で読むのがいい。おもしろい記事があるとスクラップする。新聞を読む時間が、いろいろなことを考える楽しみの時間でもある。これほど楽しい新聞なのに、新聞を取らないのはなぜでしょう。「広告ばかりだ、新聞をやめようか」と夫が言った。新聞離れは、新聞社の方針や内容にも問題があるように思います。

平成三十年三月、神奈川新聞の『わが人生』の連載は、星槎《せいさ》グループ会長の宮澤保夫《みやざわやすお》さん。「鶴ケ峰セミナー（ツルセミ）」といえば進学塾で知られている。

宮澤さんは、中学生の時、三人の兄の議論や宮沢酒店の客の口論に耳を傾け、日米安全保障条約（安保）について解説した本を買って読んだ。そこでつかんだ結論は「安保条約はアメリカが日本を守ってくれるものではなく、日本がアメリカの防波堤になることだ」という認識だった。今までこれほどわかりやすく安保を書いた人は誰もいない。私は感動した。

◆星槎グループの「星槎」とは、「星のいかだ」。いかだで天空の星を目指すという中国の故事にちなむ。いかだは長さや太さの違う木を組み合わせた、ふぞろいの個性の集合体だ。「共に生きる」こそ、星槎の理念。

体操を心がけている

Eテレ朝六時二十五分からの『テレビ体操』『ラジオ体操』をする。台所でできるので続いている。『ラジオ体操』は小さい頃からやっているので、私にもできる。唯一できる運動といえる。得意としている。夫も気が向くと体操の集まりに起きて来る。

食事で心がけていること

肉魚の焼け焦げを食べない。熱いものを飲まない食べない。喉にくる辛い物を食べない。これは普通でしょう。

ある日読んだ料理本に「グレープシードオイル」が紹介してあった。さっそく使ってみると軽くてなかなかいい。百歳まで生きて秘訣を訊かれたら「グレープシードオイルを食べていたからでしょう」とサラリと言う。どうなるか楽しみです。

ポカヨケを心がけている

「ポカヨケ」とは英語でもそのまま「poka-yoke」と呼ばれることもある。「おもてなし」「もったいない」同様、世界で通用する言葉になっているそうです。トヨタの生産方式を支える考え方の一つで、うっかりミスなどを撲滅するための手法。私はこれを活用し、「品物が無くなる前に買い足す」ポカヨケを心がけている。

たとえば、マヨネーズが無くなる前に一本買っておく。たかがマヨネーズでも、野菜サラダを作ったのに、いざマヨネーズをかける段になって無いと、マヨラーとしては非常に困る。私はマヨネーズのかかった野菜サラダが大好き。「ポカヨケ」という言葉も気に入っている。

明るい服装を心がけている

病院の見舞い、老人介護施設での歌の会に行く時は明るい服装で行く事を心がけている。「黒」「紺」の服装はなるべく避けるようにしている。これは山形の義父から教えてもらったことです。平成十一年九月に七十三歳で亡くなった義母の病院の見舞いに大勢の人が来てくれて、その時の服装が気になったのでしょう。

突発性難聴で入院した秦野赤十字病院のカーテンはピンクだったし、看護婦の制服は白で清々しい。老人介護施設での介護士が付けているエプロンもピンクやオレンジ色だ。

感謝の言葉

今、自分の子育ての頃をふり返ると、平凡だけど幸せだったと思うのです。娘たちが育った田舎町は、のんびりした時間がいつまでも流れていました。その中で、のびのびと育って行きました。菜の花やレンゲ畑の向うで「お母さん」「お母さん」と私を呼ぶ笑顔の二人の声が耳に残っています。赤いスカートの姉妹です。明るい春の日差しがいっぱいでした。私を「お母さん」と呼んでくれた事に「ありがとう」と言いたい。感謝の言葉を何度も言いたい。

第11章　家族

歌いつがれて、歌は生きる。
記憶の源泉から、蘇ってくる歌がある。
きびしい冬にも、あたたかい歌がある。
歌いつがれる、歌がある。　池田小百合
坂本龍一監修CD『にほんのうた』四集のステッカー

ウチには、こんなのがいます

「ムカデ」がいます

薄暗い廊下の曲がり角で､ゴムか葛《くず》キリかという感触の物を素足で踏んだ。すぐ電気を点《つ》けた。ムカデだった。びっくりして声が出なかった。

ムカデの方も、驚き慌てた。のんびり歩いていたのに、突然人間に踏まれ、明るくなった。さらに踏まれたので五～六本の足が折れた（と思う）。のた打ち回っている場合ではない。本の隙間に逃げ込もうとしたが、うず高く積まれた本の間には隙間がなかった。無駄な努力だった。一瞬のうちに、その場にあった郵便物でたたきのめした。それで戦いは終わった。ムカデは必死で足をバタつかせたが、逃げ切れなかった。

勝利した私は、風呂場で足の裏をゴシゴシ洗った。なんとなくベトベトする。いつまでもべとつく。布団に入っても眠れなかった。「布団に出たらどうしよう。一緒に寝たくない。ビクビクです」と山形にいる夫にメールをしたが、返事が無かった。その内、寝た。雨が降っているジメジメした夜の出来事でした。

「ハクビシン」がいます

「玄関に犬のフンがあります。どうしたのでしょう。昨日は、芝生の方にありました」と夫が言った。「昨日のは、僕が処理しました」。

玄関のフンを二人で眺めた。おむすびの形をしたそれは、ビワの種の固まりのフンだった。私は、ハクビシンのフンだと確信した。隣りの家に大きなビワの木がある。今、黄色い実が実っている。ハクビシンは、猫の大きさだが、やせている。顔は細長く、鼻の所に白い筋が入っているので猫と見分けることができる。道を渡って御殿場線の雑草の方に行くのを何度も目撃している。「おーい、ハクちゃーん」と声をかけると、ビクンとして立ち止まり、こちらを見る。かわいい。ハクビシンはビワが大好き。

「ヤモリ」がいます

ヤモリとイモリは全く違う生物です。ヤモリ（家守）は、家を守ると書く。陸に生息している。爬虫類でヘビやトカゲの仲間です。家にいるハエや蚊、ゴキブリなどの害虫を食べてくれる。イモリ（井守）は、井戸を守ると書く。水の中に生息している。両生類でカエルの仲間です。水回りを守護してくれる。昔は、水田にいる害虫を食べてくれることから大切に扱われた。イモリもヤモリも『神の使い』だと考えられていた。

風呂場の掃除をしていると、金網の外側から掃除をしている私を見ている。ヤモリだ。前足と後足の指が五本ずつ。しがみついている丸い指がかわいい。

台風の夜、外は滝のような雨。台所の窓ガラスにへばりついている。「だれ？」ヤモリだ。丸い指、なんてかわいいの。「中に入れてやろうか」、夫は返事をしなかった。雨の音で、私の声が聞こえなかったのでしょうか。

「アシダカグモ」がいます

アシダカグモが家に住んでいる。名前はラグビーの選手にあやかって「五郎丸」にした。このクモはメスだが。

暑い夏が終わり、秋になって忘れかけていた頃、五郎丸が出た。テレビの左上の壁に、へばりついている。時々向きを変えたりしている。横一の字に伸びたり、手のひらのように開いたりしてリラックスしている。テレビを観ているようだ。

テレビはNHKニュースをやっている。障害者施設で十九人が刺されて亡くなり、祖父母の家に遊びに来ていた小学生が母親を追って神社へ向かった後、行方不明になり、捜索の結果、翌日川でおぼれて遺体で発見された。台風の水害で老人ホームの人が避難できない状態で九人も亡くなった。釣り人は、立ち上がった二メートルもあるクマに襲われた。ツキノワグマか。目の下にクマの爪あとがある。目に当たっていたら失明していた。襲われた人は「空手をやっていたので助かった。普通の人ならやられていた」と言った。いやなニュースばかりだ。

テレビを消すと台所はシーンとなった。食器を洗ってからテーブルの椅子に座った途端、左斜め上から五郎丸が私の肩に飛んで来た。手ではらうと水道の上の壁に行った。「なつくな、五郎丸」。また、天井のコーナーで、横一の字に伸びたり、手のひらのように開いたりしてリラックスしている。

今度は本を読み出すと、後ろ上空から頭に飛んで来た。髪の毛を振り払うと食卓のテーブルに落ちた。大きい、白と茶色と黒のシマシマ模様の足、これほど真近で見るのは初めてだ。

風呂から出ると、寝室の壁にいた。私を見ている。布団の中に入って来たらどうしよう。ゾッとした。恐怖だ。寝返りを打った途端につぶしてしまう可能性がある。上掛けをバタバタさせてから寝た。時々ドンドンと叩いてみたりした。「怖いよ」ビクビクしながら寝た。それでも十秒で寝た。

クモは動く物をエサと認識する習性がある。私は、アシダカグモと同居しているが、どうも好きになれない。バッタ、蝶、トンボは怖くないが、ムカデ、クモ、ゴキブリ、ヘビは、お近づきになりたくない。

翌日の朝、玄関のドアにいた。少し大きくなっていた。玄関を履くと脱皮殻が落ちていた。夕方、トイレに行くと、トイレの床にいた。おや？　足が七本だ。「どうした、大丈夫か五郎丸」。この話を蜘蛛の研究者の夫にすると、「無理に振り払ったりすると咬みます」と言った。「エッ、五郎丸が咬むの？」。

◆昔、ある会社のノートの表紙にカマキリなどの昆虫やゾウなどの動物の写真が大きく掲載されたものが売られていた。「ハナカマキリ」の写真の表紙も、当時は人気で、だれでも買って使っていたが、現在は植物の表紙のノートは売られているが、昆虫や動物の表紙のノートは販売されていない。親や子どもたちから「気持ちが悪い」「怖い」などの声が寄せられるようになり、会社側がやめることにしたのだそうです。情けない話です。

「オカメインコ」がいます

愛知県に住んでいる次女からメールが来た。

「私は今四羽になったオカメインコたちの世話に明け暮れていますが、それはそれでなかなか楽しい。オカメを、〈しゃべる&《アンド》歌う〉ようにするには、育ちよりも生まれがかなり影響しているようです。同じように育てても、最初からしゃべるのはしゃべるし、しゃべらないのはしゃべらないです。面白い」。

一羽目のオカメインコは、私が勝手に「センちゃん」と名付けた。小さな命、鳥でも人でも同じで、いとおしい。

私の家で過去に飼った動物を紹介します。犬、猫、鶏、九官鳥、カラス、カナリヤ、シマリス、山羊、兎、亀、鯉、金魚、メダカ、カマキリ、カブト虫、モンシロチョウの幼虫、蝉の幼虫、モグラ、蟻、タランチェラ（世界最大の蜘蛛）の子供、フタホシコオロギ、アフリカツメガエルなど。プラナリアは、レバーを餌にして飼った。

本当にいろいろな動物を飼ったものです。子どもたちは大喜びでした。こうして育ったので、蜘蛛を見ても驚きませんし、モグラの餌のミミズを指でつかんでも平気です。動物との触れ合いは、心を寛大にさせてくれます。私は、アヒルにペンギン、ポニー、それにラクダやゾウも飼ってみたいと思っています。

努力に生きる

「朝は希望に目覚め、昼は努力に生き、夜は感謝に眠る」神奈川新聞の投書欄に出ていた横浜市の六十六歳の女性の言葉です。

平成二十八年九月十五日、テレビからは「六十五歳以上のお年寄りは三千三百四十二万二千人、日本の人口の四分の一を超え」というニュースが流れた。

「私たちも仲間だね」「そうだね」。娘たちからは「長生きをしてください」と声がかかった。若い人から「長生きをしてください」と声をかけられ、悪い気はしない。親からもらった命、大事にしたい。

「♪薔薇《ばら》のように咲いて　桜のように散る」歌手の松田聖子さんがＸ　ＪＡＰＡＮのＹＯＳＨＩＫＩさんが作った歌を歌う。

保育士試験に合格

金融に勤めている長女が、平成二十八年八月五日、神奈川県保育士試験に合格した。私は、その頑張りに脱帽です。

横浜市、川崎市は待機児童ゼロに対し、長女夫婦が住んでいる藤沢市は待機児童が増え続けている。その対策として藤沢市は保育士を育成するのかと思い込んでいたが、娘が自主的に試験を受けたのだとわかった。「長男を育てるのに必要な学習」と「将来やってみたい職業」ということで受験をしたようだ。筆記試験と実技試験がある。

〔筆記試験〕保育原理　教育原理・社会的教養　児童家庭福祉　社会福祉　保育の心理学　子どもの保健　子どもの食と栄養　保育実習理論。

〔実技試験〕二分野を選択する。

・造形表現に関する技術　テーマにそった絵を描く。
・音楽表現に関する技術。
課題曲「かたつむり」（文部省唱歌）「♪でんでんむしむし　かたつむり」。
「おばけなんて　ないさ」（作詞：槇みのり、作曲：峯陽）「♪おばけなんてないさ　おばけなんてうそさ　ねぼけた人が　見まちがえたのさ」。この二曲をピアノを弾きながら歌う。
・言語表現に関する技術。
お話（語り）課題「三びきのこぶた」「うさぎとかめ」「おむすびころりん」「にんじんごぼうだいこん」の内一つを選択、三分以内に語る。

娘は実技試験では、音楽表現と言語表現を選んだ。
〔私からのピアノ演奏アドバイス〕
・たくさん練習すること。練習は自信につながります。
・ゆっくり弾いて指に覚えさせる。あがってしまっても、指に覚えさせておけば弾ける。
・ピアノはギターや琴のように持ち運びができないから、どんなピアノでも気にしないで弾くこと。
実際は、ピアノによって演奏の音がかわる。中村紘子さんのようなプロのピアニストは専属の調律師がいるし、ヨーロッパの巨匠といわれるピアニストは自分のピアノを持って演奏旅行をしている人もいる。

ホロヴィッツは来日したとき、高木裕さんが調律したピアノが気に入ってアメリカに持ち帰った。その軽い鍵盤のピアノで、仲道郁代さんがシューマンの子供の情景第七番「トロイメライ」を弾いた。ホロヴィッツは、この曲が好きで、アンコールによく弾いたという。

八月十日、「保育士試験は合格しました。これから登録します。いろいろ勉強になったし、役に立つと思います」というメールが来た。「よく頑張りました。すごいね」と返信した。夫が、「あなたの子どもとは思えませんね」と言った。

娘は毎日金融に勤め、二歳の長男を保育園に送迎し、十二月一日出産予定の身重だった。受験日は平成二十八年七月三日（日曜日）、試験会場は鎌倉女子大学。

「ピアノが一番よくできた。ピアノをやっていてよかった。受験会場の鎌倉女子大学はレッスン室が充実していてすばらしかった」と言った。私は、練習の時に聞いた「三びきのこぶた」の語りがうまかったと思っている。

私は、国立音楽大学を卒業して京浜女子大学（鎌倉女子大学の前身）附属の中等部・高等部で音楽主任をしていた事がある。娘にその学校を見てもらえたことが嬉しかった。

娘にはピアノを中学生までやらせた。東京藝術大学附属高校に行かせたいという夢があった。私が娘に教えているのを見ていた父が言った、「ピアノ教室の生徒のように、ほがらかに教えた方がいい。それでは楽しくない」と。それはわかっていたが。娘は中学生になると「ピアノはやめる」と言った。中学二年生の時受けた神奈川方式アチーブメントテストで、国語が満点だった。

結果、国語の勉強をするという事で、その方面の大学に進んだ。無理やりピアノをやらせたことを後悔していた私は、娘が「ピアノをやっていてよかった」と言ってくれたので、ほっとした。その晩は、ぐっすり寝た。それほど後悔は大きかった。夫が「僕の忠告を聞かずに、無理じいしたからです」と厳しく言い、そして笑った。

私のピアノ教室には時々大人も来ていた。「ピアノが弾けるようになりたい」と。それは、保育士を目指している場合が多かったが、その事は、みんな口に出さなかった。レッスンに来ていた大人は、バイエルで挫折してしまう。大人になった指は硬くて動かない。「次の和音、聴こえて来るでしょう?」「そんなもの聴こえない」耳の方もだめだ。「幼稚園では必ず行事があると歌わされて、いやよね。歌が始まると、ずるずると後《あと》ずさりしてしまうのよ」と言う人までピアノを習いに来ていた。ピアノは流れるように歌うように弾くものです。歌が嫌いでは、歌うようにピアノを弾く事は無理だ。高齢者の中には、音楽の授業中、人前で歌わされ、歌うことが嫌いになったという人は、意外に多い。

娘が、「保育士になりたい人は、保育士試験の課題曲だけ練習したらいいのに」と言ったが、ピアノ初心者が、「かたつむり」や「おばけなんて　ないさ」を弾きながら歌うことは簡単な事ではない。たとえそれで合格したとしても二、三曲引けた程度では使い物にならない。この場合、「造形表現」と「言語表現」を選択すればいいわけだが。だれでも憧れる華やかなピアノは、容易《たやす》く弾けるように見えるのかもしれない。

娘が言った。「昨日（産休に入る前日の金曜日）は、会社の歓送迎会（娘の出産の激励会）でした。

久しぶりに会社の人と会食できて楽しかったです。これから出産まで少し自分の時間があるので、いろいろ溜《た》まったことを片付けようと思います。産休育休中に時間を作って何か勉強しようと思います」と。

また夫が、「あなたの子どもとは思えませんね」と言った。「会社も一人産休では大変だろうに歓送迎会とはすごいね。いい会社だね」「そうだね」。

孫の誕生

これほど嬉しい事は、ありません。平成二十八年十一月十七日（木曜日）、十七時十三分のメールを二十三時になってから見た。「昨日から不規則だけど陣痛あるから、そろそろ出産でも、おかしくない」と書いてあった。

予定日は十二月一日だ。随分早い。そういえば、十月中頃、孫（怜央君・二歳）を保育園に迎えに行った時、仕事から帰宅した娘を見て、お腹が大きいのが気になっていたのだが。

富水の童謡の会から帰宅すると、「生まれた」という留守電が入っていた。水を飲み、東海道線で辻堂の吉田クリニックに行った。小田原駅で特急「おどりこ」号に乗車する養老孟司《ようろうたけし》さんに遭遇した。箱根の別荘「養老昆虫館」から東京に行くようだ。ビシッと黒のコートが決まっている。私は次の急行に乗った。

辻堂駅からバス。バスを降りると、もう二時になっていた。ピンクのパジャマ姿の娘が「早かったね」と言った。元気だったのでホッとした。「よく頑張りました」。言葉が出ない。「今日は全然寝ていない」と言うと、「ああ、陣痛のメールを見たからでしょう。お産をするのは私なのに」と笑った。

名前は「圭（けい）」に決まったとメールがあった。「いい名前ですね。幸せにしてあげてください」とメールを返した。「よかった、よかった」と何度も唱えた。孫は男の子が二人になった。長男の怜央（れお）は十一月四日生まれで三歳になった。次男の圭は十一月十八日生まれ。「兄弟仲よく」と願っています。

父の歌「古城」

私が住んでいる足柄上郡大井町金手《おおいまちかなで》に三島神社《みしまじんじゃ》があり、お祭りの日には夕方から芝居小屋に、地方を回って興業《こうぎょう》する一座の芝居がかかった。

最初は歌舞伎で有名な『蓮獅子《れんじし》』。親子の獅子の舞いだ。赤い長い髪（赤頭《あかがしら》）と白い長い髪（白頭《しろがしら》）を勇壮《ゆうそう》に振って舞う、狂いと呼ばれる激しい動きだ。

小さな神社の芝居小屋には似つかわしくない、きらびやかな息の合った舞いを覚えている。ムシロを敷いただけの客席に人々が集い、手をたたいて喜んだ。それは、本当に美しく、夢のようだった。

『蓮獅子』が終わると、幕が下りて三橋美智也が歌う「古城」が流れた。「♪松風騒ぐ　丘の上

古城よ独り　何偲ぶ」レコードなので、針が飛んで繰り返し同じフレーズが流れたりした。父が、「ご飯を食べてから、また見に来よう」と言った。休憩なので大勢の人が席を立って家に帰った。次に行った時には、お菊さんが皿を数えていた。「あれェーッ、いちまーい、にまーい、さんまーい」お菊さんの役の人は男性のようで、太い声だった。「いいぞ、待ってました」と声がかかった。そこで幕になり、また「古城」が流れた。酒に酔った男が、いい気分で三橋美智也と一緒に大声で歌った。

江戸番町が舞台の怪談話『番町皿屋敷《ばんちょうさらやしき》』だけが今日の芝居の演目のようで、お菊さんが皿を数えるのは、なかなか進まなかった。「ドロドロドローン」という太鼓の音が恐かったので私は父にしがみついていた。「古城」を聴くと、お祭りの夜のこと、父のことを思い出します。テレビが普及する前のことです。

父の名言

「夫婦は車の両輪のようなものだ。どちらが欠けてもいけない」と、父が言った。これは名言だと思っています。つまり、ひとりでは意見や行動も一方的に走りやすくなるものです。夫婦でいれば、片方が何か無理な主張をした時に、他方は戒《いまし》めることができますが、ひとりではどうなるでしょうか。そのまま発言したり、行動したりすれば疎《うと》まれます。

母の歌「みかんの花咲く丘」

母は九十六歳まで長生きをした。九十五歳の夏、食欲が亡くなり県立神奈川病院を紹介されて「胃ろう」の手術をしたが、「胃ろう」は半年ももたず、翌年の四月三日、私の誕生日に枯れるように静かに亡くなった。

ある日、寝たまま「♪みかんの花が　咲いている」と小さい声で口を動かしていた。歌を歌うということがない人だったので驚いた。趣味で書道、絵画、陶芸などをやる人があるが、最後は歌かと確信した。寝ながらでも歌は歌える。口ずさめる。

「お金を貸したら、返してもらってから、また貸すようにすればよかったのにね」と言うと、「そうだね」と言った。この時、痴呆の人とは思えないほど、ハッキリした返事だった。最後まで近所の主婦に、お金を貸した事を悔やんでいたに違いない。善意でした事が、人生の汚点となって残った。本来は、『二十四の瞳』の「大石先生のようなすばらしい先生だった」と、大勢の人に言われ、惜しまれつつ亡くなって行くはずだったのに、人助けをしたことにより一生を棒に振ってしまった。

小学校の教員をしていた母は、生活保護を受けて、貧しい生活をしている人を気の毒に思い、「明日、必ず返すからサー、お金貸してくんない」と言われれば、助けずにはいられなかったのでしょう。

親より長く生きる

「親が生きた年齢より一歳でも長く生きることが親孝行」という言葉を聞いた事がある。私の場合は父が九十五歳、母が九十六歳まで生きた。それ以上長く生きなければいけない事になる。どのように生きて行けばいいのだろう。

今年は平成三十年、国は正月を一月七日までと定め、郵便局では年賀状の販売を早々と終わりにした。

Eテレ『2355・0655年越しを御一緒にスペシャル』では、戊年干支《いぬどしえと》ソング「ポチが通ります」を発表した。「♪ポチは白犬　おもしろい犬（尾も白い犬）、イヨォー、布団一枚！」「♪竹籠かぶせると、〈犬〉が〈笑〉うになる」。歌は三山ひろしさん。現実は笑ってもいられない。

歌に出て来る「おかげ犬」とは、初めて聞く言葉だ。いったいこの犬は何か？　テレビ画面には歌川広重の『東海道五十三次』「東海道　四十四　四日市　日永村追分　参宮道」（ボストン美術館・蔵）の絵が紹介される。三重県の伊勢神宮に主人にかわってお参りをする「お伊勢参りの犬」のことだ。

初夢とされる一月一日と二日の夜は、「♪ポチが通ります」の歌が頭をめぐって眠れなかった。さらに「おかげ犬」が迷って出て私になついた。私は犬も猫も大好き。

◆「おかげ犬」は、お伊勢参りには、お金も時間もかかるし、体力も必要になるので、行きたくても行けない人が大勢いました。そんな時、愛犬に代理でお参りに行ってもらう人が現れました。これが、「おかげ犬」です。伊勢神宮に向かう人に愛犬を託し、自分の代わりにお参りをしてもらうのです。最初は、知り合いの人に同行する形で主人の代わりにお参りをする、というスタイルでした。そのうち、犬だけで伊勢神宮まで無事に行って帰ってくるケースも出てきたというから驚きです。

主人は、犬の首にしめ縄などでお金を入れた袋をぶら下げて送り出します。この姿を見た人は、おかげ犬だと分かりますから、エサを与えたり宿泊させてあげたり、大切にお世話をしたそうです。賢い犬は主人のため、まだ見たこともない伊勢神宮を目指し、旅をします。そしてお参りをして、無事に帰宅。首には、お参りの証としてお札がついている、という奇跡のような話です（インターネットによる）。

第12章　がんばれ『真田丸』

NHK大河ドラマ『真田丸』は、おもしろい番組だった。脚本家・三谷幸喜「小さくても勝てます」。

第二十回「前兆《ぜんちょう》」

秀吉の側室《そくしつ》、茶々（演：竹内結子）に子ができた。この時、秀吉は五十三歳。城下では誰の子かと噂になる。聚楽第《じゅらくてい》の壁に落書きをした犯人は不明。飲んだくれた門番に罪をかぶせる。門番は本願寺の僧侶、尾藤道久《びとうどうきゅう》だが字が書けなかった。

尾藤道久「俺は、字が書けねえのさ」。（僧侶で字が書けないとは「ありえない」。設定に無理がある）。すると、石田三成に「坊主だったのに字がかけないのか」と言わせた。

真田信繁《さなだのぶしげ》「結局、犯人は誰だったのでしょう」

石田三成「民《たみ》の仕業だ。大勢の民が秀吉に反感を持っている。このままではいかん。何か民の心をつかむ手立《てだ》てはないものか」

秀吉《ひでよし》の正室《せいしつ》・北政所《きたのまんどころ》（演：鈴木京香）「京都と大阪の人たちが喜ぶことを考えてください」

信繁「思い切ってカネをばらまくというのはどうでしょう」

三成「いささか品が無いな」

正室「それくらいやったほうがいい。殿下の子が生れるのです。派手にまいりましょう」。

この、テンポのいいやりとりを観ていて、私は手をたたいて笑った。「すばらしい、脚本家・三谷幸喜は天才だ」。

◆石田三成（演：山本耕史）は三十歳、加藤清正は四十歳（演：新井治文）、織田信長（演：吉田鋼太郎）は五十歳で亡くなった。

第二十七回「不信」

秀吉は信繁《のぶしげ》（演：堺雅人）に官位を授けると言いだす。信繁は一つ違いの兄・信幸《のぶゆき》（演：大泉洋）にも官位を願い出る。その結果、信幸は従五位下伊豆守（じゅごいのげ　いずのかみ）を授かり、信繁は従五位下左衛門佐（さえもんのすけ）を授かった。しかし、信幸は弟に情けをかけられたと激しく憤《いきどお》った。それを知った父・真田昌幸《さなだまさゆき》（演：草刈正雄）は信幸に言う。「ばかなことを言うものではない。もらえるものは病気以外もらっておけばいいんだ」と。私は「なるほど」と思った。まじめな信幸は、いつまでも不満だった。

第三十一回「終焉《しゅうえん》」

兄・信幸《のぶゆき》は、不本意だったが、政略結婚のため徳川家の家臣・本多忠勝《ほんだただかつ》（演：藤岡弘）の娘・稲《いな》（演：吉田羊）を嫁にすることになった。普通は里にかえされるはずの元妻・こう（演：長野里美）は、側室になって留まり、正室の身の回りの世話をしている。正室の稲に男子ができた。同時に側室・元妻こうにも男子ができてしまった。信幸は二人の男子の父親になった。真田昌幸《さなだまさゆき》は両手に赤ん坊（孫）を抱いて大喜びだった。

信幸は稲の父親・本多忠勝になかなか言い出せないでいる。それを知った真田昌幸は信幸に、「なんでもっと早い内に言っておかなかったのよ。世の中、先延ばしにしていいことなど何ひとつない」と言う。「しかし父上」と信幸は困り果てる。

私は、「世の中、先延ばしにしていいことなど何ひとつない」というセリフに「そうだなあ」と感じ入った。

第三十三回「動乱」

秀吉の遺言を無視する徳川家康（演：内野聖陽）に対し、石田三成は怒り、徳川屋敷を急襲する事を決意するが、暗殺計画が漏れて、徳川屋敷には諸大名が警護にかけつけた。三成の呼びかけには誰も応じなかった。三成と家康では格が違った。幼少の頃から秀吉に可愛がられた三成を、みんなが好く思っていなかった。

石田三成は、「今日がなければ、明日はない」と、いきり立つ。どうする三成。

第二十四回「滅亡」

小田原城に一人乗りこんだ真田源次郎信繁の活躍で、北条氏政《ほうじょううじまさ》（演：高嶋政伸）はまげを落とし、秀吉の軍門に下った。氏政《うじまさ》、氏直《うじなお》の命は救い、それと引き換えに、城を受け取る約束だったが、「氏政は死んでもらおうか」と秀吉があっさり言った。「それではだまし討ちでございます」と言う信繁の忠告を秀吉は聞き流した。

「生き恥はさらしとうない！」氏政は切腹した。息子の氏直は出家して高野山《こうやさん》に送られた。これにより、北条は滅亡した。

おや？　黒田官兵衛が出てこなかった。前回のＮＨＫ大河ドラマ『軍師官兵衛』では、秀吉から頼まれて一人で小田原城に乗り込むのは黒田官兵衛（演：岡田准一）だった。官兵衛の活躍で北条氏は滅んだことになっていた。「これは変だぞ」私だけでなく、小田原の童謡の会員みんながそう思った。

第四十回「幸村《ゆきむら》」

この回で、幸村の幼なじみの、きり（演：長澤まさみ）に、「北条が落ちたのは、あなたではなく、後から会いに行った、なんとか官兵衛さんの手柄ですから」と言わせた。これで小田原の人たちも納得した。きっとNHKに抗議が殺到したのでしょう。私は氏政役の高嶋政伸さんの白目を出した演技に感動した。童謡の会でも「政伸君、うまかったですよね」と、ほめちぎった。観ていない人は、何の事だろうと思ったに違いない。「好きな俳優さんばかりが出ています」と弁解した。氏政は「日《ひ》の本《もと》を分ける大戦《おおいくさ》をやってみたかった！」と言って死んで行った。『軍師官兵衛』の時も、今回も、「兵糧《ひょうろう》があったのだから打って出ればよかったのに」というのが私の意見です。回想シーンで、上杉景勝《うえすぎかげかつ》（演：遠藤憲一）が「死に様《ざま》は、生き方を映す鏡。己《おのれ》に恥じぬよう生きるのみじゃ」と言った。

第四十三回「軍議」

豊臣秀頼《とよとみひでより》（演：中川大志）の御前で大物の家来五人を集めての軍議が開かれた。幸村だけ家康のいる京へ攻め込む事を主張するが、みな反対する。五人は、それぞれの夢や希望があり、この戦いに参加していた。

幸村の策に秀頼も賛成しかけたが、休憩をはさんだ長い軍議は茶々の一声で、ろう城と決まった。結局、軍議はしなかった事と同じだった。

茶々の叔父・織田有楽斎《おだうらくさい》（演：井上順）は、のらりくらり軍議に口出しをし、幸村を褒《ほ》めたりしていたが、最初から戦いたくなかった。ろう城に決めていた。「では、では、ろう城ということで。会議はお開きといたしましょう」と、まとめた。幸村ら五人は、あ然となった。有楽斎は、茶人・織田信秀の十一男。同じ兄弟には次男・信長がいる。

この成り行きに、私は「順ちゃん、上手！」と、テレビに向かって拍手を送った。織田有楽斎役の井上順は、その昔、グループサウンズ『ザ・スパイダース』の人気歌手だった。ヒット曲は「夕陽が泣いている」や「あの時君は若かった」などがある。

大物の家来五人は、真田幸村《さなだゆきむら》（演：堺雅人）、後藤又兵衛《ごとうまたべえ》（演：哀川翔）、毛利勝永《もうりかつなが》（演：岡本健一）、長宗我部盛親《ちょうそかべもりちか》（演：阿南健治）、明石全登《あかしてるずみ》（演：小林顕作）。この時、後藤又兵衛は五十五歳。俳優の哀川翔《あいかわしょう》も五十五歳、はまり役だ。

『真田丸』では、今までも軍議が何回も開かれた。脚本家の三谷幸喜が得意とする場面だ。とても面白い。ところが時代劇での軍議は不評で、視聴者は敬遠した。『真田丸』は、過去最低の視聴率となってしまった。最後のどんでん返しに期待したい。あと、一ヶ月だ。頑張れ『真田丸』。

第四十七回「反撃《はんげき》」

大阪城に大砲が撃ち込まれ大勢の犠牲者が出ると茶々（演：竹内結子）は気が弱くなり、和《わ》睦《ぼく》すると言いだした。今度は女たちの和睦交渉が開かれた。家康（演：内野聖陽）方からは阿《あ》茶局《ちゃのつぼね》（演：斉藤由貴）。豊臣方からは初（演：はいだしょうこ・浅井家三姉妹の次女で茶々の妹）と大蔵卿局《おおくらきょうのつぼね》（演：峯村リエ・茶々の乳母）それに、きり（演：長澤まさみ）が付いて行く事になった。会議中、きりの活躍（「足がつった！」と叫び転げまわる）にもかかわらず、大阪城の外堀さらに内堀と真田丸砦を破却することが決まった。それは、豊臣方に勝ったと見せかけ、牢人たちを解散させる家康の作戦、思う壺だった。

豊臣秀頼は、「望みは捨てておらぬ。望みを捨てぬものだけに道は開ける」と言い、牢人たちも真田幸村を大将と認め「策《さく》」を求めるが、真田丸を失った幸村に、もはや策はない。時すでに遅し、どうする幸村。また、次週も観なければいけなくなった。

第四十九回「前夜」

豊臣方と家康との最終決戦、大坂夏の陣が始まった。真田丸を取り壊され、堀を埋められ戦えなくなった幸村は、死を覚悟していた。それでも、幸村は策を立てるが、策は、ことごとく漏れていた。幸村は漏らしていた人物に気がついた。「我々の話を最初から全て聞いていた者だ」「それは、だれだ」。再放送も観たが、暗くて分からなかった。老人のようだった。暇な老人、囲炉裏の側にいつもいる男といえば、真田家重臣、きりの父・高梨内記《たかなしないき》（演：中原丈雄）だ。

私「なぜ、内記が裏切ったの？」
夫「幸村の子を助けるためさ。家康と通じていれば捕らえられた時、助けられる」
私「なるほど、内記は幸村の子の養育係だったものね」。夫と私は勝手に納得した。

幸村は、幼なじみの・きり（演：長澤まさみ）を抱きしめ、別れのキスシーンをする。「エッ、時代劇にキスシーン？」と驚いた。さらに驚く事に、キスをしながら、きりがしゃべった。「遅い、せめて十年前に。あの頃が、私、一番きれいだったから」と。……ありえない。

後日、昼の人気番組NHKテレビ『スタジオパークから　こんにちは』に出演した脚本家の三谷幸喜さんは、「僕が書いたと思ったかもしれませんが、あそこは堺雅人さんが提案してやった事です。長澤まさみさんも、キスをしながらしゃべるのを一度やってみたかったそうで。僕が書いて、すばらしいと思われて光栄です。トクしました」と言ったが、私は信用していない。好くでき過ぎている。このキスシーンは、三谷幸喜さんが考えた計画的な脚本と思いたい。

第十回「妙手」では、一兵も死なせずに敵を追いやる策は、梅（演：黒木華　真田家に仕える地侍・堀田作兵衛の妹）や、梅のお腹の赤ちゃんの命を守るためだった。そして、「そなたは、なくてはならぬ人だ。私の妻になってくれないか」「そのお言葉、お待ち申しておりました」信繁と梅は、ひしと抱き合った。

第十一回「祝言」では、兄の真田信幸（演：大泉洋）に信繁が「梅が、みごもったので結婚することにした」言うと「エッ、やけに早いな、もう、口吸いなども、すませたということか」という場面があった。

私は、第四十九回「前夜」の、きりとのキスシーンは、梅にプロポーズする時に、三谷幸喜さんの頭の中に、すでにあったに違いないと思っている。

第五十回「最終回」

豊臣方と徳川の最終決戦。豊臣方は、大坂城を出て野戦になった。先頭に立つ赤い甲冑、馬に乗った幸村が、かっこいい。手をたたいて応援した。私の声が台所に響き渡った。

形勢は圧倒的に不利だったが、毛利勝永《もうりかつなが》らの活躍により戦況は一転、豊臣方は徳川軍を次々と撃破する。幸村は「勝てる！」と思った。

幸村軍の騎馬隊の前に、伊達政宗（演：長谷川朝晴）の鉄砲隊が立ちはだかった。しかし政宗は、「弾がつきた！」と兵を引いた。幸村は助かった。

「よかった。政宗もいい所がある」。しかし戦国時代だ、ありえない。この先、ありえない事ばかりでドラマが展開して行く。三谷幸喜さんの腕の見せ所だ。

幸村の策《さく》をいつも聞いていて徳川方に漏らしていた人物は、秀吉に恨みを持っていた台所を預かる老人だった。彼は、「豊臣が亡びればいい」と思っていた。娘を秀吉に手込めにされ、妻も一緒に死んだ。恨みは深かった。

幸村と佐助は老人を殺そうとするが、焼き鳥の串を腹に刺し、自害した。焼き鳥の串で自害とは、ありえない。やはり、実際には死んでいなくて、ヨロヨロしながらも計画通り、油を撒いて城に火を放つ。城から黒煙が高く上がった。

死を覚悟する茶々に幸村は、「望みを捨てなかった者にのみ、道は開ける」と諭す。印象に残る言葉です。

しかし、秀頼（演：中川大志）の元に、幸村が寝返ったという噂がひろまる。それは家康の作戦。うろたえる秀頼に茶々が言う「望みを捨てなかった者にのみ、道は開ける」と。この回では、二度もこの言葉が使われる。

怒りの幸村は家康のいる本陣に一騎で突き進んだ。鉄砲を持っている。一発目は外れ、家康は助かった。二発目は暴発し、幸村は手に負傷してしまった。大軍を率いた家康の目の前にいる幸村が助かるとは意外。ありえない。

悪いことに、豊臣の目印の「ひょうたん」を持ったグループが勝利したと思い込み、城にもどった。この小さな、あさはかな行動が、敗北につながって行く。これを見た豊臣軍は、自分たちが負けたので、城に取って返すものだと勘違いした。城からは火の手が上がっているのだから、勘違いするのも当然。

幸村は振り返り驚く。「そんな馬鹿な」。それでも、幸村《ゆきむら》と佐助《さすけ》は残った者たちと共に必死で戦った。煙幕を張り、佐助も大活躍する。佐助は、五十五歳。忍者なのに「全身が痛《いと》うございます」と言うほど疲れ果てた。仲間の忍者軍団を呼んで、もっと頑張ってほしかった。

大坂城では、高梨内記が幸村の子を助けるために体をはって家康の兵士と戦う。年老いているので力が出ない。すぐ討ち死にした。私たち夫婦は、内記を裏切り者と思い込んでいた。「ごめんよ」。幸村は、出陣を前に甲冑を着けながら自分の人生を振り返って「この世に生きた証《あかし》を何か残せたのだろうか?」と高梨内記に問いかける場面がある。内記は「人の値打ちは時が決めるもの」と答えた。

幸村の最後は自害。武士として当然の結末だった。七年後、兄の真田信幸は、松代藩《まつしろはん》十万石の徳川家の大名として生きのびた。兄弟の命運を分けたドラマだった。真田幸村は、スーパーマンと並ぶ日本のヒーローとして名を残した。「小さくても勝てます」。

躍動感のある曲

『真田丸』のメインテーマのソリスト三浦文彰《みうらふみあき》さんは、ウィーンを拠点に活動する二十三歳のヴァイオリニスト。両親ともヴァイオリニストの音楽一家。十六歳でウィーンに留学し、ハノーバー国際コンクールにおいて史上最年少の十六歳で優勝した。

メインテーマを作曲した服部隆之《はっとりたかゆき》さんには、「侍の気持ちで弾いてほしい」と託された。「ただ格好いいだけでなく、中間部は迷いもあって、最後は壮大に盛り上がる。この音楽にどんな音色が合うか考えて演奏した」。

放送第一回から演奏のすばらしさは際立っていた。尺八との掛け合いもみごとだった。これは、作曲・編曲の力も関係していた。余韻が残る名曲になった。使用しているヴァイオリンは、NPO法人イエロー・エンジェルより貸与されたJ.B.Guadagnini（一七四八年製）。

あとがき

歌のゆくえ

生活の中の一番に「童謡の会」があります。この三十年間、手塩にかけて育てた会です。なつかしい童謡や唱歌だけでなく、新しい歌も歌って意識の高い童謡の会にしたいと思っています。

「孫が家に来て『虹』を歌って踊ってくれました。その歌、おばあちゃんも知っているよ、童謡の会で歌ったと、言ったんです」。嬉しそうに話してくれる人がありました。

「♪虹が虹が　空に架かって　君の君の　気分も晴れて　きっと明日は　いい天気……」

「大好きな童謡や唱歌を、先生と一緒に歌うことができて、とても楽しいです」「歌って元気をもらっています」「先生の童謡の本が好評です。頑張ってください」「童謡や唱歌を歌うと、家族・親戚・友だちの事を思い出して涙が出ます」「新しい童謡も楽しいです」「お休みをしないように頑張ります」「歌う会と先生のお話、楽しみにしています。寒さ厳しき折、くれぐれも御自愛ください」。このような童謡の会員に支えられています。みなさんに喜んでいただける童謡の会にしたい。私は歌うことが大好きです。まだまだ歌いたい歌があります。さわやかに、ほがらかに歌って元気に生きて行きましょう。「♪ toi toi toi いい日であるように」と願っています。

平成三十年（二〇一八年）七月一日

池田　小百合

著者紹介

池田　小百合（いけだ　さゆり）

神奈川県生まれ。国立音楽大学卒業。

童謡の会を主宰「あしがら童謡の会はとぽっぽ」「童謡を歌う会赤い鳥」「童謡を歌う会青い鳥」「童謡を歌う会玉手箱」「童謡を歌う会真鶴」。

著書『童謡を歌おう』（センチュリー）。『童謡・唱歌　風だより』（春陽堂）。『満点ママ』『歌って暮らせば』『歌が好き』『童謡で遊ぼう』『読む、歌う　童謡・唱歌の歌詞』『童謡と唱歌　歌唱の歴史　Ⅰ（春夏のうた）』『童謡と唱歌　歌唱の歴史　Ⅱ（秋冬のうた）』（以上、夢工房）。『子どもたちに伝えたい日本の童謡　神奈川』『子どもたちに伝えたい日本の童謡　東京』『もっと好きになる日本の童謡』（以上、実業之日本社）。

CD解説『にほんのうた』第二集、第三集、第四集（AVEX）。

Finan『あの歌この歌』銀行フリーPR誌（きんざい編集部）。

マイウェイ『かながわ童謡・唱歌物語』No.79（はまぎん産業文化振興財団）。

インターネット『池田小百合なっとく童謡・唱歌』（事典）などがある。

歌いたい歌がある

二〇一八年十月十日　初版発行
定価　本体価格　一七〇〇円＋税

著者　池田　小百合©

制作・発行　夢工房
〒257-0028 神奈川県秦野市東田原200-49
TEL(0463)82-7652　FAX(0463)83-7355
http://www.yumekoubou-t.com
2018 Printed in Japan
ISBN978-4-86158-084-0 C0095 ¥1700E
日本音楽著作権協会（出）許諾第1808033-801